Red Geller

Gefährliche Agentenfracht

RANDY, TURBO, CO

DAS SCHLOSS-TRIO

Pelikan

ISBN 3-8144-1703-8

Gesamtleitung und Textredaktion:
AVA GmbH
Umschlaggestaltung: strat + kon, Hamburg
Innen-Illustrationen: Solveig Ullrich
Gesamtherstellung: Clausen & Bosse, Leck
Printed in Germany
Auflage 15 14 13 12 11 10 9 8 7 6 5 4 3 2

Inhalt

RANDOLPH RITTER (RANDY)

Eigentlich heißt er Randolph. Diesen Vornamen haßt er. So wurde aus Randolph eben „Randy". Randy ist sechzehn, geht aufs Gymnasium, ist ein mittelprächtiger Schüler und kommt immer gut mit. Sport gehört zu seinen Lieblingsfächern; danach kommt Mathe, die Begabung dafür hat er von seinem Vater geerbt. Randy hat auch schon Kampfsportarten trainiert. So kann er auch etwas Karate. Er ist ziemlich groß, ohne schlaksig zu wirken. Sein Haar ist dunkelblond, manchmal mit einem Stich ins Braune. Seit seiner Geburt hängt ein Muskel am Mundwinkel schief, so daß es aussieht, als würde Randy immer grinsen, was die Lehrer schon manchmal auf die Palme gebracht hat, besonders dann, wenn sie neu waren und ihn noch nicht kannten. Randy ist da, wo „Action" ist. Langeweile kennt er nicht. Er kann sich auch beschäftigen, ohne vor der Glotze zu hocken. Am meisten ärgert er sich über Ungerechtigkeiten. Ob in der Schule oder im Leben: Er setzt sich stets für die Schwachen ein, was ihm nicht selten auch Ärger einbringt.

TOSHIKIARA (TURBO)

Toshikiara ist Japaner und Randys Freund. Da er einen Namen hat, der schlecht auszusprechen ist, wird er kurz „Turbo“ genannt. Turbos Eltern sind verschollen. In Japan besitzt er keine engeren Verwandten mehr. Die Familie Ritter hat sich deshalb entschlossen, ihn bei sich aufzunehmen, worüber sich natürlich Randy – der ein Einzelkind ist – unwahrscheinlich gefreut hat. Turbo besucht eine deutsche Schule. Die deutsche Sprache hat er in Japan gelernt, unter anderem auch durch den Briefwechsel, den er und Randy geführt haben. Als Erbe seiner Eltern besitzt Turbo ein altes Samurai-Schwert, dem magische Kräfte nachgesagt werden. Dieses Schwert hütet er wie einen kostbaren Schatz. Er ist kleiner als Randy und trägt das schwarze Haar zu einer Bürste geschnitten. Seiner asiatischen Mentalität entsprechend, reagiert er eher bedächtig. Wenn es aber sein muß und darauf ankommt, ist der fünfzehnjährige Turbo voll da.

MICHAELA SCHRÖDER (ELA)

Michaela Schröder, auch „Ela" oder „Möpschen" gerufen – den letztgenannten Namen mag sie nicht –, ist die dritte im Bunde. Ela wohnt in unmittelbarer Nachbarschaft der Ritters; sie ist dunkelhaarig, trägt gern einen Pferdeschwanz, ist eine gute Judo-Sportlerin, in der Klasse irre stark in allen Fächern und liebt besonders ihren Rauhhaardackel „Biene". Sie hat noch einen kleineren Bruder namens Michael. Ihr Vater arbeitet beim Bau. Ela ist Randys Freundin, auch wenn sich die beiden hin und wieder streiten, daß die Fetzen fliegen; das haben sie jedoch schon im Sandkasten getan. Michaela ist sehr neugierig und schafft es immer wieder, genau dort aufzutauchen, wo etwas los ist. Darüber kann sich Randy manchmal ärgern.

Ela, Randy und Turbo gehören zusammen. Diese drei Freunde bilden auch „Das Schloß-Trio".

Ankunft um Mitternacht

Ein ungewöhnliches Geräusch weckte Randolph Ritter, kurz Randy genannt, mitten in der Nacht. Verwirrt richtete sich der sechzehnjährige Junge mit den dunkelblonden Haaren, die manchmal einen Stich ins Braune bekamen, im Bett auf.

Er wußte zunächst nicht, was ihn gestört hatte, deshalb blieb er erst einmal so sitzen und lauschte.

Randy schlief stets bei offenem Fenster, auch im Winter, weil es eben gesund war. Frische Luft tat immer gut. Sie drang auch in dieser etwas kühlen Herbstnacht in sein Zimmer und strich wie ein geisterhafter Hauch über das Gesicht des Jungen.

Das ungewöhnliche Geräusch war hinter dem Schloß aufgeklungen, in dem die Familie Ritter wohnte.

Jetzt hörte Randy es wieder.

Diesmal schlief er nicht, und es dauerte kaum eine Sekunde, bis er den Grund des Geräuschs herausgefunden hatte.

Hinter dem Haus war eine Autotür zugeschlagen worden.

Ein später Gast in der Nacht! Wer konnte das sein? Randys detektivischer Spürsinn war geweckt. Er mußte einfach nachschauen. Seine Eltern waren im Haus und nicht eingeladen gewesen. Sie hatten es also nicht sein können.

Randy schlüpfte in seine dünnen Hausschuhe. Obwohl er sich allein im Zimmer befand, näherte er sich dem Fenster auf Zehenspitzen. Er hatte den rechten Fensterflügel geöffnet und mit einem Keil verkantet, damit er nicht zuschlagen konnte.

Es war für ihn schwer, etwas zu erkennen. Wie so oft in dieser Jahreszeit hatte sich in der Nacht ein feiner Dunst gebildet. Die Schwaden entstanden weiter unten am Rhein, und der Wind verteilte sie. Er trieb sie auch auf das Schloß zu und wickelte die Mauern wie mit einem Gespinst ein.

Randy streckte seinen Oberkörper etwas vor, er bewegte den Kopf nach links und entdeckte das Auto.

Es war ein Mercedes, ihr Wagen, das Fahrzeug der Familie Ritter. Ein schon älteres Modell, das noch immer seine Pflicht tat. Der Daimler stand schräg geparkt, die Feuchtigkeit hatte einen matten Film auf den dunklen Lack gelegt.

Vor der Kühlerschnauze standen zwei Männer. Einen davon kannte Randy sehr gut. Es war Alfred, der gute Geist im Hause Ritter. Wer genauer nach Alfred fragte, bekam kaum eine konkrete Antwort. Alfred war eben alles. Diener, Fahrer, Handwerker, es gab nichts, was er nicht konnte. Der brachte es fertig, aus einem Telefonhörer ein Radio zu basteln, wenn es sein sollte. Und er besaß eine geheimnisvolle Vergangenheit, wie er oft betonte. Beim Film hatte er als Spezial-Effekt-Mann gearbeitet. Aus dieser Zeit hatte er noch einiges in petto.

Alfred sprach mit einem Fremden. Randy sah, daß der Fremde einige Male nickte, sich dann umschaute und auch den Kopf in den Nacken legte, um seinen Blick an der Rückseite des Schlosses in die Höhe gleiten zu lassen.

Blitzschnell zog sich Randy zurück. Er wollte nicht unbedingt gesehen werden, wartete einige Sekunden, bevor er wieder nach draußen schaute und erkannte, daß sich die Szene verändert hatte. Aus dem Wagen stieg noch eine Person.

Ein Junge...

Randy war überrascht. Der Junge konnte nicht älter sein als er selbst, nur war der andere kleiner und etwas dicker.

Als der unbekannte Junge den Wagen verließ, drehte sich der Mann um und streckte ihm seine Hand entgegen.

„Dann sind wir ja alle beisammen, Mr. Morton!" hörte Randy Alfreds Stimme. „Das ist ausgezeichnet."

„No, Al, no. Where is Mr. Ritter?"

Randy schluckte. Der Mann hatte englisch gesprochen und hatte nach Herrn Ritter gefragt. Demnach mußte Randys Vater den ungewöhnlichen Besuch kennen.

Für Randy war es bei genauerem Nachdenken keine Überraschung. Schließlich brachte Alfred keine Fremden ins Haus. Und Dr. Peter Ritter, Randys Vater, war sowieso nicht mit normalen Maßstäben zu messen. Offiziell arbeitete er als Wissenschaftler in seinem Laborturm, einem Schloßanbau. Er war allerdings sehr oft in der Welt unterwegs und hatte seinem Jungen verboten, den Turm und somit das Labor zu betreten.

Randys Neugierde war damit geweckt, aber seine Eltern hatten sich nie genau über Einzelheiten ausgelassen.

„Herr Ritter erwartet uns", antwortete Alfred in Deutsch. „Darf ich Sie jetzt ins Haus bitten, Mr. Morton?"

„Und wir sind hier tatsächlich sicher?"

„Im Prinzip ja. Aber was heißt schon sicher in einer Zeit wie heute? Sie wissen selbst, wie aufregend das Leben sein kann."

Der Mann dort unten lachte heiser. „Aufregend? Ja, natürlich, aber auch gefährlich."

„Da widerspreche ich nicht."

Alfred ging vor. Der fremde Mann nahm den Jungen an der Hand. Randy konnte alles sehr genau sehen, er hatte sich nach links gebeugt, zudem gerieten die Ankömmlinge in das Licht der rückseitigen Außenleuchte und waren gut zu erkennen, obwohl der dünne Dunst in wallenden Wolken den Schein durchquerte.

Alfred hatte eine Tür geöffnet und ließ den beiden den Vortritt. „Dr. Ritter wird Sie in der Halle erwarten."

„Ich danke Ihnen, Al."

Zwei Lidschläge später schlug die Tür zu. Die Besucher waren jetzt im Haus.

Auch Randy hielt nichts mehr in seinem Zimmer. Er lief zur Tür und öffnete sie vorsichtig. Gut, daß die Angeln nicht quietschten, sonst wäre er unten in der Halle noch gehört worden.

Randy ging auf Nummer Sicher, als er seinen Kopf durch den Spalt steckte, nach links und rechts schaute, zufrieden war, weil er den Gang leer fand und sich dann aus dem Zimmer schlich.

Sein japanischer Freund Toshikiara, den jeder wegen seines langen Namens nur Turbo nannte, hatte nichts gehört. Er schlief eine Tür weiter so tief und fest, daß sein Schnarchen bis auf den Gang zu hören war.

Randy überlegte, ob er Turbo wecken sollte, entschied sich jedoch dagegen. Morgen war auch noch ein Tag, da konnte er Turbo dann in die Vorkommnisse der Nacht einweihen.

Bis zum Beginn der breiten Treppe bewegte Randy sich auf leisen Sohlen vor. Nur eine Handbreit von der ersten Stufe entfernt, kauerte er sich nieder und schaute schräg in die Tiefe.

Von hier aus hatte er zwar keinen perfekten Blick in die Eingangshalle, wo der große Kamin stand und zahlreiche Türen zu den unteren Räumen abzweigten, aber er konnte immerhin hören, was gesprochen wurde.

Zunächst vernahm er Schritte. Am Klang erkannte er auch, wer sich da näherte.

Es war sein Vater!

Dr. Ritter war ein ruhiger Mensch, der sich nicht so leicht nervös machen ließ. Ein Wissenschaftler zwar, aber nicht verknöchert oder nur mit seinem Job verheiratet. Er wußte genau, was im Leben gespielt wurde und wo es langging. In seinen hellen Cordjeans und dem dunkelgrauen Jeanshemd sah er auch nicht aus, wie man sich gewöhnlich einen Labortyp vorstellte. Das dunkelblonde Haar mit den schon leicht angegrauten Strähnen dazwischen war ein wenig aufgewühlt, das Lächeln auf seinem Gesicht herzlich, als er den Arm ausstreckte und seine Gäste begrüßte.

„Ich heiße Sie willkommen, Mr. Morton, und Ihren Sohn natürlich auch."

„Oh, thank you. Das ist übrigens Benny."

„Freut mich, Benny."

„Mich auch, Mr. Ritter."

Zum erstenmal vernahm Randy die Stimme des fremden Jungen. Er hatte zwar deutsch gesprochen, jedoch mit einem starken Akzent. Randy hatte noch nicht herausfinden können, ob es sich bei den Mortons um Engländer oder Amerikaner handelte.

Er schaute auf die Uhr.

Genau Mitternacht. Randy mußte lächeln. Ein geheimnisvoller Besuch zur Geisterstunde. Wer hätte das gedacht? Man hatte ihm auch nichts gesagt, aber er begann zu kombinieren. In der letzten Zeit war Alfred nicht dagewesen. Er hätte ihn und Turbo bestimmt unterstützt, als sie die Bekanntschaft mit den Geldfälschern auf der Geisterbahn gemacht hatten. Das war ein verflixt aufregender Fall gewesen, mit Gaunern, Geld und Gänsehaut.* Bahnte sich jetzt vielleicht etwas Neues an?

„Wollen Sie nicht einen Moment Platz nehmen?" bot Dr. Ritter an. „Vor dem Kamin ist es am bequemsten."

„Wenn Sie meinen."

„Natürlich. Alfred, sei bitte so gut und bring uns etwas zu trinken. Was möchtest du denn, Benny?"

„Saft."

* Siehe Schloß-Trio Band 2

„Einmal Saft für den Jungen. Ich nehme einen Whisky. Sie sicherlich auch, Mr. Morton?“

„Gern.“

„Die Reise war bestimmt nicht einfach.“, sagte Dr. Ritter, als sie es sich in den Sesseln bequem gemacht hatten.

„Indeed, Mr. Ritter, das war sie nicht. Wir mußten sehr aufpassen, aber wir haben es geschafft. Dank Ihrer Hilfe.“

„Der Dank gebührt Alfred.“

Randy konnte von seinem Platz aus den Kamin gut einsehen. Er sah, wie Mr. Morton nickte. „Alfred ist wirklich ungewöhnlich gut. Er kennt sich aus. Arbeitet er schon lange mit Ihnen zusammen, Doktor?“

„Ja, einige Jahre.“

Alfred kam mit den Getränken. Er selbst nahm ebenfalls Platz und schenkte ein.

Die Männer tranken sich zu. Benny hob sein Glas.

„Auf eine glückliche Zukunft“, sagte Dr. Ritter. „Und darauf, daß Sie alles, was hinter Ihnen liegt, nicht noch einmal erleben müssen, Mr. Morton.“

„Das möchte ich auch nicht unbedingt. Vor allem denke ich auch an meinen Sohn. Es waren für ihn schwere Zeiten. Ich möchte nur wieder mit meiner Familie vereint sein.“

„Das kann ich verstehen.“

„Und wie geht es weiter, Mr. Ritter?“

„Sie werden zunächst einmal bei uns bleiben, bis Gras über die Sache gewachsen ist.“

Mr. Morton lachte. „Geht das so schnell?“

„Man vergißt sehr leicht.“

„Mich bestimmt nicht.“

„Warten wir es ab. Hier sind Sie jedenfalls sicher, nicht wahr, Alfred?“

„Ja, Sir. Vorausgesetzt, Sie halten sich an gewisse Regeln.“

„Wie sehen die aus?“ Mr. Mortons Stimme hatte einen erstaunten Klang bekommen.

„Nun, Sie dürfen nicht zu sehr auffallen. Das heißt, Fahrten nach Düsseldorf oder Köln müssen Sie sich in Ihrem eigenen Interesse untersagen.“

„Was ist mit Benny?"

„Er muß sich leider auch an die Spielregeln halten."

Das wollte Mr. Morton nicht hinnehmen. Er wandte sich an Peter Ritter. „Sie haben doch auch einen Sohn, nicht wahr?"

„Ja, Randy."

Oben an der Treppe hatte Randy zwar steife Knie bekommen, aber er wechselte seinen Platz nicht, weil es jetzt spannend wurde.

„Haben Sie ihn eingeweiht, Mr. Ritter?"

„Sagen Sie doch Peter."

„Okay, ich heiße James."

„Gut, James. Um es vorwegzunehmen. Ich habe meinen Sohn nicht eingeweiht."

Randy sah, wie James Morton nickte. „Das habe ich akzeptiert", sagte er langsam. „Aber weshalb nicht?"

„Weil ich meinem Sohn und seinem Freund Turbo, der bei uns lebt, diese Aufregungen ersparen möchte. Die beiden haben sowieso die Angewohnheit, stets über Dinge zu stolpern, die sie eigentlich nichts angehen und eine Nummer zu groß für sie sind."

Von wegen, dachte Randy. Von wegen, Pa. Jetzt wird es erst richtig interessant.

„Hm!" machte James Morton. „Ich möchte mich ja nicht in Ihre Familienangelegenheiten einmischen, aber weiß Ihr Junge, welch einen Beruf Sie ausüben?"

„Selbstverständlich. Ich bin Wissenschaftler."

James Morton hob sein Glas. Über den Rand hinweg schaute er Dr. Ritter an. „Weiß er auch von Ihrem zweiten Job?"

Randy hielt den Atem an und spürte den Schauer auf seinem Rücken, denn er sah, wie sein Vater erschrak. „Um Himmels willen, nein! Davon habe ich ihm nichts gesagt. Er darf es auch nicht erfahren. Wenigstens nicht jetzt", schränkte er ein.

Die Männer unterhielten sich weiter, aber Randy war mit seinen Gedanken woanders.

Was er immer angenommen hatte, stimmte also doch. Mit seinem Vater war etwas nicht in Ordnung. Ihn umgab ein Geheimnis. Er hatte noch einen zweiten Beruf. Hing der möglicherweise mit seiner Arbeitsstätte, dem angebauten Turm, zusammen, in dem sich das Labor befand und das Randy nicht betreten durfte?

Der Junge bekam vor Aufregung feuchte Hände. Nervös fuhr er mit der Zungenspitze über die Lippen, konzentrierte sich wieder auf die Gespräche in der Halle, das aber war nicht mehr nötig, denn die Männer hatten beschlossen, ins Bett zu gehen, und waren bereits aufgestanden. Auch Benny Morton erhob sich.

„Ich werde Ihnen die Zimmer zeigen“, sagte Alfred. „Wenn Sie mir dann folgen würden.“

Als die Schritte verklangen, stand auch Randy auf. Vom langen Sitzen war er steif geworden. Es knackte in den Knien, als Randy sich streckte und auch die Arme bewegte.

Durch die Nase holte er tief Luft, drehte sich um und fühlte sich wie betäubt. Was er in der letzten halben Stunde gesehen und gehört hatte, mußte er zunächst einmal verdauen. Das war schon ein mittelschwerer Klopfer gewesen. Erst der geheimnisvolle Besuch, dann das Gespräch zwischen den Männern, und schließlich war noch herausgekommen, daß sein Vater einen zweiten Beruf ausübte.

Welchen?

Randy ging in sein Zimmer. Er setzte sich auf das Bett. Plötzlich fror er, ging zum Fenster und machte es zu. Zuvor hatte er noch einen Blick nach draußen geworfen, wo der Mercedes stand. Alfred würde ihn bestimmt noch in die Garage fahren. Randy spielte mit dem Gedanken, ihn anzusprechen, um mehr zu erfahren.

Nein, das wollte er bleibenlassen. Niemand sollte mißtrauisch werden und merken, daß er schon etwas wußte. Er nahm sich vor, morgen mit Turbo über die Sache zu sprechen.

Da Randy das Fenster nicht völlig geschlossen hatte und auch nicht weit davon entfernt stand, vernahm er in der nächtlichen Stille die Schritte. Er schaute wieder nach unten.

Seine Vermutung bestätigte sich. Alfred hatte das Haus verlassen, um den Mercedes in die Garage zu fahren. Nicht einen Blick warf er an der Fassade hoch.

Er startete, drehte das Lenkrad nach links und rollte auf die Garage zu, deren Tor sich mittels Fernbedienung heben ließ.

Dann war es wieder still.

Randy kam es vor, als hätte ihm jemand hundert Lateinvokabeln eingetrichtert, von denen er nicht einmal ein Drittel behalten hatte. Die anderen durchschwirrten seinen Kopf.

Hier wurde etwas gespielt, wovon er überhaupt keine Ahnung hatte. Wer steckte dahinter? Nur dieser Dr. Morton?

Er war also von Alfred abgeholt und zu den Ritters gebracht

worden. In Sicherheit, wie es indirekt geheißen hatte. Darüber nachzudenken lohnte sich.

Wenn man einen Menschen in Sicherheit brachte, dann mußte dieser zuvor in Gefahr gewesen sein. Dann befand er sich möglicherweise auf der Flucht vor irgendwelchen Gegnern.

Ähnlich wie bei Turbo vor nicht allzu langer Zeit, als ihm Gangster sein japanisches Schwert abjagen wollten, es aber nicht geschafft hatten.* Randy ging davon aus, daß sich hier etwas anbahnte. Eine große, gewaltige Sache, die Dimensionen besaß, über die er kaum spekulieren konnte.

Er spürte trotz der erregenden letzten Stunde die Müdigkeit, die sich in seinem Körper ausbreitete. Nur kam Randy nicht dazu, sich jetzt schon hinzulegen.

Etwas anderes störte ihn.

Es war wieder ein Geräusch. Diesmal nicht das Brummen eines Motors, dafür ein Knattern und Schlagen, das direkt aus dem dunklen Himmel herkam.

Wieder eilte Randy zum Fenster, riß es auf und schaute schräg in die Höhe.

Nicht einmal weit vom Schloß entfernt flatterte ein Vogel aus Glas und Metall durch die Dunkelheit der Nacht.

Ein Hubschrauber!

Er flog auf das Schloß zu. Da seine Positionsleuchten brannten, konnte Randy erkennen, daß die Maschine sogar an Höhe verlor. Es sah so aus, als wollte sie auf dem Dach landen.

Man konnte schon Furcht bekommen, und auch Randys Herz klopfte schneller. Plötzlich explodierte der Hubschrauber. Er barst allerdings nicht auseinander, sondern es war nur der grelle Suchscheinwerfer, der sein Licht wie eine gewaltige, helle Glocke über das Gebäude verteilte.

Randy zog sich zurück. Der Hubschrauber flog zwar noch, aber er stand über dem Schloß, drehte sich auf der Stelle, leuchtete gewisse Teile an und aus, bevor er dann, und für Randy überraschend, in Richtung Rhein weiterflog und nicht mehr zu sehen war.

* Siehe Schloß-Trio Band 1

„Das ist ja Wahnsinn!“ flüsterte Randy. „Echt irre.“ Er lief wieder zum Fenster. Vom Haus ließ sich keiner blicken. Randy war jedoch sicher, daß alle den anfliegenden Hubschrauber gehört hatten.

Und er glaubte auch daran, daß diese Maschine etwas mit der Ankunft der geheimnisvollen Familie Morton zu tun hatte.

Wer ist Benny Morton?

Herbst am Rhein!

Das waren fallende Blätter, Nebel am Morgen, in der Nacht und auch oft am Abend. Blasse Sonnenuntergänge und buntes Laub, wie es kein Maler intensiver und farbenfroher hätte nachzeichnen können. Farben, die bei einem satten Gelb anfingen und leuchteten wie heller Sonnenschein, aber auch dunkel sein konnten, vom tiefen Braun über ein knalliges Rot bis zum Violett.

Es war Samstag. An die Schule wollte Randy nicht denken, die fing erst am Montag wieder an. Jetzt lag ein Wochenende vor ihm, das bestimmt einen anderen Verlauf nehmen würde, als er es sich vorgestellt hatte.

„Guten Morgen, du Muffel!“

Marion Ritter stand an der Arbeitsplatte neben der Brotschneidemaschine. Sie kannte ihren Filius gut genug, um sofort zu erkennen, daß mit ihm etwas nicht stimmte.

„Du siehst müde aus, Randy.“

Randy fuhr durch sein Haar. „Vielleicht, Mutti. War ja auch nicht gerade schön.“

„Was denn?“

„Dieser Hubschrauber. Hast du ihn nicht gehört?“

Über die Lippen der Frau glitt ein kurzes Lächeln. „Ach so, ja, ich erinnere mich. Ich bin danach sofort wieder eingeschlafen.“

„Und ich konnte nicht schlafen."

„In deinem Alter sollte man das. Möchtest du frisch gepreßten Orangensaft?"

Randy trat an die Maschine. Er teilte eine Orange und stellte die Saftpresse ein. Kein Wort hatte seine Mutter über den nächtlichen Besuch verlauten lassen. Entweder wußte sie nichts, oder sie wollte aus bestimmten Gründen nicht mit der Sprache heraus. Letzteres konnte sich Randy schon vorstellen.

Frau Ritter deckte den Tisch, Randy half ihr dabei und fragte wie beiläufig nach seinem Vater.

„Ich bitte dich, Junge, du weißt doch, wo er steckt. In seinem Labor."

„Und was macht er da?"

Marion Ritter zeigte lächelnd ihre Zähne, bevor sie mit der Fingerspitze über Randys Wange strich. „Arbeiten, mein Kleiner, was sonst?"

„Kleiner ist gut."

„Guten Morgen." Von der Tür her meldete sich Turbo. Sein Haar glänzte noch feucht. Er war erst vor zwei Tagen beim Friseur gewesen und hatte sich eine Bürste schneiden lassen.

„Auch schon auf?" fragte Randy.

„Ja, heute ist doch Samstag."

„Richtig!" stand Frau Ritter dem Jungen bei. „Da kann man auch länger schlafen."

Turbo war nicht so groß wie Randy, dafür aber breiter in den Schultern. Die Augen standen leicht schräg, durch den kurzen Haarschnitt wirkte das Gesicht etwas eckiger. Er setzte sich an den gedeckten Küchentisch, der vor einer Eckbank stand.

Zu trinken gab es Milch. Sie dampfte in einem Steinkrug. Randy schenkte Turbo und sich ein. „Hast du den Hubschrauber in der Nacht auch gehört?" fragte er.

Turbo bekam große Augen. „Nein. Wann war das denn?"

„So um Mitternacht."

„Ist er gelandet?"

Randy schüttelte den Kopf. „Nur über uns hinweggeflogen, und das ziemlich dicht." Er schaute seine Mutter an, die sich ebenfalls gesetzt hatte. „Daß du aber nichts gehört hast, Mutti."

„Ich schlafe eben tief und fest."

Randy rührte in seinem Müsli. Da hatte er ganz andere Erfahrungen. Meist war seine Mutter wie der Blitz zur Stelle, wenn sich irgend etwas nachts im Haus rührte.

„Du bist schon komisch", meinte Turbo.

„Wieso das denn?"

„Du kommst mir vor wie jemand, der mehr weiß, es aber nicht sagen will und erst die anderen aushorchen möchte." Nach diesem Satz nickte Turbo zweimal. „Das war schwer. Die deutsche Sprache ist nicht einfach."

„Du bist aber gut geworden!" lobte Marion Ritter ihn.

„Danke."

Die blondhaarige Frau lächelte. Sie freute sich, daß sich die beiden Jungen so prächtig verstanden. Randy, Turbo und Randys Freundin Michaela Schröder waren in den letzten Wochen zu einer verschworenen Gemeinschaft zusammengewachsen. Die drei Jugendlichen bildeten das Schloß-Trio.

Randy löffelte sein Müsli. Er schaute öfter als gewöhnlich aus dem Fenster.

„Was gibt es denn da zu sehen?"

„Die Bäume, Mutti. Mir gefallen die Blätter so gut, wenn sie bunt sind. Ich liebe den Herbst."

„Oh, wie toll du das gesagt hast. Fast wie ein Dichter."

„Aber einer, der Leitungen dichtet." Er wechselte das Thema. „Ist Alfred wieder da?"

„Ja."

Randy schaute überrascht auf und schrak auch zusammen. „Sag bloß."

„Weshalb denn nicht?"

„Mitten in der Nacht ist er gekommen?"

„Sicher."

„Vielleicht hat er im Hubschrauber gesessen", meinte Turbo und grinste breit.

Randy winkte ab. „Gelandet ist der hier nicht."

„Damit du Bescheid weißt", sagte Frau Ritter. „Alfred ist zwar da, doch nicht hier. Er ist nach Düsseldorf gefahren, um dort etwas zu erledigen."

„Für Vati?“

„Bestimmt.“ Frau Ritter holte durch die Nase Luft. „So komisch wie du dich heute morgen benimmst, habe ich das lange nicht mehr bei dir erlebt. Wirklich.“

„Entschuldige, mir geht der Hubschrauber eben nicht aus dem Sinn. Der ist so tief geflogen. Als ich aus dem Fenster schaute, hatte ich das Gefühl, ihn anfassen zu können.“

„Dann mußt du demnächst das Fenster schließen.“

„Und ungesund schlafen?“ grinste Randy.

Frau Ritter stand auf. „Ich weiß nicht, welche Laus dir über die Leber gelaufen ist, aber ich habe keine Lust, mich mit dir zu streiten.“

„Ich wollte auch keinen Krach.“

„Das kommt mir aber nicht so vor.“ Frau Ritter trank ihre Tasse leer. „Möchtet ihr noch etwas?“

„Nein danke, Frau Ritter“, sagte Turbo schnell.

„Gut. Ich habe noch zu tun. Eure Wäsche muß weggebügelt werden. Am Samstagnachmittag möchte ich das nicht gerade machen. Was habt ihr heute vor? Wie sieht es mit den Hausaufgaben aus?“

„Sind schon erledigt“, sagte Randy.

„Ich wollte noch etwas Deutsch lernen!“

„Das können wir auch draußen machen.“

„Ist mir egal, wo ihr es macht. Seid nur zum Mittagessen bitte pünktlich.“

In der Halle nahmen die beiden Jungen ihre Jacken vom Haken, und Turbo wollte noch einmal hoch, um sein Deutschbuch zu holen, doch Randy hielt ihn am Arm fest.

„Dazu kommst du heute morgen sowieso nicht“, flüsterte er im Verschwörerton.

„Und weshalb nicht?“

„Weil ich dir noch einiges sagen muß, das nicht von schlechten Eltern ist.“

„Dann hängt es mit der Nacht zusammen?“

„Klar doch.“

Jetzt war auch Turbo gespannt. Er wollte eine Antwort haben. Randy schüttelte den Kopf. Zudem hörte er die Schritte seiner Mutter, die in der Halle erschien mit Bügelwäsche auf dem Arm.

Die beiden hatten es sehr eilig, das Schloß zu verlassen. Sie liefen hinunter zum Rhein.

Randy warf einen Blick über die Schulter. Er wollte sich davon überzeugen, daß sie auch weit genug vom Schloß entfernt waren. Zuschauer und Zuhörer konnte er nicht brauchen.

„Da war noch etwas außer diesem Hubschrauber!“ begann Randy.

„Und was?“

„Alfred ist in der Nacht zurückgekommen.“

Turbo lachte. „Das war doch klar.“

„Sicher. Nur hat er Besuch mitgebracht. Einen Mann und einen Jungen in unserem Alter. Vater und Sohn. Der Vater heißt Dr. James Morton, der Junge Benny.“

„Weiter.“

Randy blieb stehen. „Nichts weiter, Turbo. Das wollte ich dir sagen.“

Der Junge aus Japan lachte. „Mehr nicht?“

„Rcicht das nicht?“

Turbo boxte seinem Freund gegen die Schultern. „Du willst mich wohl vernatzen oder wie das heißt. Deshalb machst du doch nicht so ein Theater.“

„Klar, du hast recht.“ Randy wich dem nächsten Schlag aus. „Nur habe ich ein ungewöhnliches Gespräch belauscht. Ich werde das Gefühl nicht los, daß Vater und Sohn auf der Flucht sind. Auf der Flucht vor irgendwelchen Typen.“

„Dein Vater will sie verstecken?“

„Sieht ganz so aus. Wenigstens so lange, bis Gras über eine bestimmte Sache gewachsen ist.“

„Welche denn?“

„Frag mich was Leichteres. Ich weiß es nicht. Vielleicht hat dieser Morton Dreck am Stecken.“

Turbo war irritiert. „Was ist das denn?“

„Das sagt man so.“ Randy schaute gegen die Sonne und blinzelte. „Möglicherweise ist er sogar ein Spion.“

„Wie bitte?“ Turbo schluckte. „Du hast ja nicht alle Tassen

im Schrank. Glaubst du denn, daß dein Vater einen Spion bei sich versteckt?“

Randy trat Laub hoch. „Eigentlich nicht. Aber man kann nie wissen. Ich bin jedenfalls vorsichtig.“

„Und was willst du jetzt machen?“

„Keine Ahnung.“ Randy ging weiter.

Turbo wartete noch, bevor er ihm nachlief. „Du solltest deinen Alten Herrn mal fragen, meine ich. Er wird dir bestimmt sagen, wer diese Mortons sind. Er muß sie doch kennen. Man nimmt nicht einfach fremde Leute in sein Haus auf.“

„Ja, schon, das habe ich mir auch gedacht. Er kennt die beiden. Warum versteckt er den Jungen dann vor uns? Benny Morton ist in unserem Alter. Wir könnten gemeinsam etwas unternehmen. Du verstehst, nicht?“

„Klar doch.“

„Ich möchte gerne wissen, wer Benny Morton ist und auch, was sein Vater macht. Normal ist das nicht. Dieser Hubschrauber hat mir auch nicht gefallen, wenn ich ehrlich sein soll. Der flog nicht nur über unser Haus hinweg. Der blieb auch zwischendurch in der Luft stehen, als wollten die Leute etwas beobachten.“

„Im Dunkeln?“

„Die Maschine war mit einem Suchscheinwerfer ausgerüstet, und den haben die auch eingeschaltet. Turbo, da kommt was auf uns zu. Ein heißes Wochenende, kann ich dir sagen.“

„Und deine Mutter hat auch nichts gesagt.“

„Natürlich nicht.“

„Man müßte mal mit diesem Benny Morton reden. Wer ist das überhaupt? Wo kommt er her?“

„Ich tippe auf England.“

„Dann versteckt er sich hier?“

„Das begreife ich auch nicht.“ Randy rammte die Hände in die Hosentaschen und schlenderte weiter.

Der Rhein war bereits besser zu erkennen. Als graues, breites Band schoben sich seine Fluten durch das Flußbett. Schiffe wühlten sich rheinauf- und rheinabwärts. Tief lagen die voll

beladenen Schlepper im Wasser, dazwischen zogen Containerschiffe vorbei. Das Land war hier flach, aber nicht ohne Reiz.

Beide Jungen liebten den Fluß. Sie liebten es auch, an seinem Ufer zu sitzen und auf die grauen Wellen zu schauen.

Randy blieb stehen. „Da ist doch jemand an unserem Platz!"
„Ja, Ela."
„Sieh an." Randy grinste knapp. Dann lachte er laut. „Sie frönt ihrem neuen Hobby."
Randy und Turbo gingen schneller. Michaela Schröder, auch Ela genannt, hatte sich angezogen wie ein Maler. Sie trug ein sehr langes Wollhemd, das ihr bis zu den Kniekehlen reichte. Auf dem braunen Haar saß schief eine Baskenmütze. Der Pferdeschwanz schaute unter dem hinteren Rand hervor und wippte keck.
Michaela war so in ihre Arbeit vertieft, daß sie die Jungen nicht bemerkt hatte. Aber auch Randy und Turbo wurden etwas von der Sonne geblendet und sahen Elas Begleiter erst, als er aus ihrem Schatten trat. Wie Ela trug auch er helle Jeans.
Randy blieb stehen, als wäre er gegen eine Mauer gelaufen. „Das ist doch nicht wahr!" flüsterte er.
„Was ist nicht wahr?"
„Der Junge, Turbo. Weißt du, wer das ist?"
„Klar, wenn du das so sagst, kann es kein anderer sein als Benny Morton."
„Genau, das ist er!"

Sie hatten beide ziemlich laut gesprochen, so daß auch Ela jetzt aufmerksam wurde. Sie saß auf einem kleinen Hocker. Vor ihr stand eine Staffelei, und sie hielt eine Palette mit Farben in der Hand.
Mit dem Pinsel winkte sie den beiden Jungen zu. „Kommt ruhig näher, ich habe auf euch gewartet."
„Das ist aber schön."
Randy und Turbo schlenderten auf Michaela zu. Aus den Augenwinkeln behielten sie den jungen Engländer im Blick. Randy konnte ihn jetzt besser erkennen.
Benny Morton war tatsächlich kleiner als er. Er hatte ein pfiffiges Gesicht, Lachfalten um Nase und Mund, und sein dunkelbraunes Haar war nach vorn gekämmt. Als Ponyfransen fiel es in seine Stirn.
„Kennt ihr euch?" fragte Ela.

„Nicht daß ich wüßte“, erwiderte Randy, und Turbo schüttelte den Kopf.

„Das ist Benny Morton. Er kommt aus England.“

„Hi“, sagte Benny.

„Do you speak German?“ fragte Turbo.

„Ein bißchen.“

„Das ist gut.“ Turbo streckte ihm die Hand entgegen. „Ich bin übrigens Turbo.“

„Wie bitte? *Törbo?*“

„Ja, so ähnlich.“

„Ich heiße Randy.“

„Glad to see you, Randy.“

„Sei nicht so förmlich, Mann!“

„Was sagt er?“ fragte Benny mit seinem starken Akzent. Er wandte sich an Michaela.

Die winkte nur ab und erklärte ihren beiden Freunden: „Benny kam, sah mich und schaute zu, wie ich malte. Er ist nett, findet ihr nicht auch?“

Randy starrte seine Freundin an. „Klar, Möpschen, er ist nett. Supernett sogar.“

„Ich heb' dich gleich aus den Socken, wenn du noch einmal Möpschen sagst, Randolph.“

„Ist ja gut, Ela, ist okay. Also, das ist Benny.“

„Sagte ich doch. Bist du schwerhörig?“

„Nein. Wo wohnt er denn?“

Ela bekam große Augen. „Weiß ich doch nicht. So lange kennen wir uns nicht. Ich habe ihn jedenfalls nicht danach gefragt.“

„Aber ich kann dir sagen, wo er wohnt.“

„Da bin ich mal gespannt.“

„Benny und sein Vater wohnen bei uns im Schloß. Sie sind letzte Nacht eingetroffen. Da bist du flunderplatt, wie?“

„Ja, gebügelt.“ Ela trat zurück. Sie schaute auf ihre Palette. Mit den Händen wischte sie über die Jeans. Die Hosenbeine hatten schon einige Farbkleckse abbekommen. „Und ihr kennt euch wirklich nicht?“ Sie ließ den ausgestreckten Zeigefinger zwischen Randy, Turbo und Benny wandern.

„Erfaßt!“

Ela wollte lächeln. Es wurde nur eine komische Grimasse. „Kann mir das mal einer erklären?“

„Hat Benny nichts gesagt?“ fragte Randy.

„Nein, ich habe ihn auch nicht danach gefragt.“

„Wie ist er denn hergekommen. Wie habt ihr euch kennengelernt? Einfach so?“

„Ja, er ging spazieren, sah mich und schaute sich meine Zeichnungen oder Gemälde an.“

Randy lachte. „Gemälde ist gut.“

„Du kannst gar nicht malen.“

„Klar doch.“ Randy trat an die Staffelei. Er sah den Rhein in der Ferne, davor das Ufer, auch einige Bäume, deren buntes Laub Ela als Farbkleckse an die Zweige gemalt hatte. Den Himmel hatte sie blaßblau gezeichnet, die Wolken bestanden aus weißen, verwaschen wirkenden Pinselstrichen.

„Nicht schlecht, wirklich.“

„Und du willst mir erzählen, daß du malen kannst. Daß ich nicht kichere.“

„Ja, ich mahle Kaffee.“

Ela holte tief Luft. Sie verschluckte ihre Worte, dafür führte sie die Hand im Kreis vor ihrer Stirn. „Scheibenwaschen auch, wie? Kaffee mahlen, ich glaube, ich spinne.“

„Was bedeutet das?“ erkundigte sich Turbo. „Wieso malst du Kaffee, Randy?“

Randy mußte lachen. „Wenn der Maler ein Bild malt, schreibt man das ohne ein *h*. Wenn du Kaffee mahlst, wird das Wort mahlen mit *h* geschrieben. Das ist alles.“

Turbo schüttelte den Kopf. „Ihr seid mir wirklich zu blöd, ihr beiden.“

„Sag das ihm“, meinte Ela.

Randy stand unschlüssig vor der Staffelei. „Trotzdem, das Hobby finde ich gut.“

„Und du redest um den heißen Brei herum.“

„Wieso?“

„Sonst hast du dich nie so intensiv darum gekümmert“, erklärte Michaela. „Ich habe das Gefühl, als willst du etwas ganz anderes. Nur traust du dich nicht. Du weißt nämlich nicht, wie du Benny ansprechen sollst. Habe ich recht?"

„Nie!"

„Wenn du das so sagst, stimmt es. Ich glaube dir auch nicht, daß er bei euch im Schloß wohnt."

„Frag ihn."

„Mach ich auch." Sie drehte sich um und lächelte Benny an. „Where are you living now?"

„Nearby. My Dad and me are living in the castle."

Ela bekam große Augen. „Also doch. Er und sein Vater wohnen tatsächlich bei euch."

Randy hob die Schultern. „Sagte ich doch."

„Und weshalb kennt ihr euch nicht?"

„Weil die beiden in der vergangenen Nacht eingetroffen sind. Alfred hat sie gebracht."

„Und wer sind er und sein Vater?"

„Das habe ich noch nicht herausbekommen. Wir können ihn ja fragen. Das wollte ich sowieso."

Zu viert ließen sie sich auf einigen großen Steinen nieder. Der warme Herbstwind fuhr gegen ihre Gesichter. Randy bat den jungen Engländer, zu erzählen, woher er gekommen war.

Sie erfuhren, daß Benny und sein Vater von Alfred aus einem östlichen Land abgeholt worden waren. Aus der Tschechoslowakei.

„Und was habt ihr da gemacht?" fragte Turbo erstaunt.

„Working."

„Also gearbeitet. Aber du doch nicht."

„No, ich ging zur Schule."

„Wie ich in Japan. Und dein Vater?"

„Er hat gearbeitet." Benny nickte einige Male und bekam den Satz mit Mühe heraus.

„Was ist er denn?" fragte Ela.

„Oh, ein Mann."

Sie lachten, weil Benny nicht begriffen hatte und sich jetzt verdutzt umschaute. „Nein, so meine ich das nicht. Ich wollte fragen, was er von Beruf ist, was er arbeitet", präzisierte das Mädchen.

„Ach so. Er ist Ingenieur."

„Wie meiner auch", rief Randy.

Benny nickte. „Dann mußten wir aber weg. Escape – nicht..."

„Also fliehen?"

„Yes, wir flieh... wir flohen. Es war schlimm, nicht gut." Er redete mit Händen und Füßen. „Es kam Alfred. Er holte uns weg. Wir sind ihm dankbar."

„Weshalb mußtet ihr denn verschwinden?" wollte Ela wissen.

„Das weiß ich nicht!"

„Dein Vater ist doch kein Verbrecher."

„Was bitte?"

„Du hast einen Riß im Hirn!" rief Randy. „Wie kannst du so etwas sagen."

„Wenn sie doch verschwinden mußten."

„Da gibt es bestimmt andere Gründe dafür. Es ist alles sehr geheim gewesen. Mich wundert es sowieso, daß Benny hier ist. Ich habe in der Nacht gehört, daß beide im Haus bleiben sollten."

Benny hatte ungefähr verstanden, was Randy gesprochen hatte. Er begann zu grinsen. „Ich habe mich heimlich... you understand?"

„Ha, ha", lachte Randy. „Er ist abgehauen. Mann, das ist erste Sahne, wirklich." Randy nickte Benny zu. „Du bist echt stark."

„Ich habe aber Angst."

„Vor wem?" fragte Turbo.

„Killers..."

Benny hatte nur dieses eine Wort gesagt, doch das hatte es in sich gehabt. Ela, Randy und Turbo starrten ihn an. Keiner wollte das Wort so recht glauben.

„Killers?" flüsterte Randy und schluckte. Er spürte plötzlich eine Gänsehaut auf seinem Gesicht. „Mann, das wäre ja furchtbar. Werdet ihr gejagt?"

„Ja, mein Dad und ich."

„Und deine Mutter?"

Benny senkte den Kopf. „Dead... sie ist tot. Vor zwei Jahren, da starb sie. Sie war krank."

„Ach so, ja", sagte Ela, schwieg sich danach aus, ebenso wie die beiden Jungen.

Benny fuhr fort. Die Erklärungen wühlten ihn auf. Er knetete seine Finger ineinander, er schluckte einige Male. „Vater wollte nicht mehr bleiben. In Prag war es gefährlich. Die anderen sind horrible..."

„Also grausam?"

„Ja."

Randy wußte nicht, was er noch sagen sollte. Er wechselte deshalb das Thema. „Und nun seid ihr bei uns. Wie lange?

„Ich weiß nicht."

„Sind die Leute noch hinter euch her?" wollte Turbo wissen.

„Surely." Benny nickte.

Randy wußte sofort Bescheid oder glaubte es zumindest zu wissen. „Der Hubschrauber, Turbo. Das ist es gewesen. In der Nacht haben sie nach den beiden gesucht. Die haben Alfred bestimmt verfolgt. Wer weiß, was das für Leutc sind."

„Sie kommen aus einem anderen Land!" sagte der junge Engländer.

„Woher denn?"

„Aus Prag, meine ich."

„Agenten!" flüsterte Ela. „Das sind richtige Agenten." Sie holte tief Luft. „Das ist ja wie im Kino. Wir erleben hier fast einen James Bond. Verrückt."

Randy verzog das Gesicht. „Wenn du mich fragst, ist mir gar nicht wohl bei der Sache."

„Mir auch nicht", gestand Turbo.

Ela nickte dazu, dachte aber mehr an Benny und legte ihm eine Hand auf die Schulter. „Was muß er erst denken? Er ist in einem fremden Land. Nur sein Vater ist bei ihm. Er muß Angst haben."

„Was können wir machen?" fragte Turbo.

„Nicht viel", sagte Randy. „Uns weiht man nicht ein. Ich weiß nicht einmal, wie lange die beiden Mortons bleiben wollen."

„Du solltest mit deinem Vater reden!" stellte Ela fest.

„Klar, das sagst du so einfach. Hör zu, Ela. Mein Vater ist okay, der ist völlig in Ordnung. Mit dem kannst du Pferde stehlen. Aber es gibt einen Punkt, wo er keinen Spaß versteht. Das hängt mit seinem Beruf zusammen."

„Dann sind er und Dr. Morton doch Kollegen."

„So sehe ich das."

„Könnte es denn sein", Ela räusperte sich, „daß dein Vater auch... versteh mich jetzt nicht falsch, Randy. Ich meine, daß er auch ein Agent ist?"

Randy sagte nichts. So gut es ging, drückte er seine Hände in die Hosentaschen. Dann ging er zur Seite. Nach zwei Schritten blieb er stehen. Er starrte auf den Fluß, ohne die grauen Fluten bewußt wahrzunehmen. Sein Gesicht hatte sich verändert. Es war härter geworden. Die Wangenknochen traten schärfer hervor, und seine Augen zeigten eine geheime Qual. Er hätte es nicht zugegeben, doch Elas Worte hatten ihn auf eine gewisse Art und Weise erschüttert.

Besonders aus dem Grund, weil er sich ähnliche Gedanken über den Beruf seines Vaters gemacht hatte.

Okay, Dr. Ritter war Wissenschaftler, aber konnte er nicht auch noch etwas anderes sein?

Agent?

Randy hatte genaue Richtlinien bekommen. Er durfte das Labor seines Vaters nicht betreten. Hin und wieder, das wußte er aber, fing sein Vater Funksprüche in der Nacht auf. Das Schloß hatte nicht umsonst eine Hochleistungsantenne auf dem Dach.

Zudem war da noch Alfred. Offiziell fungierte er ja als Diener, aber Randy konnte sich vorstellen, daß Alfred auch mit anderen Aufgaben betraut wurde. Er war ein Mensch, der sich in der Welt auskannte, der sich auch zu wehren wußte. Die beiden Engländer über die Grenze zu bringen war ein verflixt heißer Job gewesen.

Der Wind blies dem Jungen eine Haarsträhne in die Stirn. Automatisch wischte Randy sie weg. Er starrte zu Boden, spürte Elas Hand auf seiner Schulter und drehte sich um.

„Tut mir leid", sagte das Mädchen. „Das... das habe ich nicht gewollt, glaub mir."

Randy lächelte zuckend. „Schon gut, Ela. Du hast ja recht gehabt. Irgendwie schon."

„Nein, es war eine Vermutung."

„Über die ich auch selbst schon nachgedacht habe. Das kann ich dir versichern. Mit Benny haben wir irgendwie den Beweis bekommen, zumindest ich."

„Meinst du, daß dein Vater für den Geheimdienst arbeitet?"

„Du hast mir eine gezielte Frage gestellt, du bekommst auch eine richtige Antwort. Ja, das glaube ich."

„Glauben heißt nicht wissen!" flüsterte Ela.

Randy starrte noch immer auf den Fluß. Er beobachtete ein Container-Frachtschiff, ohne es eigentlich zu sehen. Im Süden sah er schwach die Stahlstreben einer großen Brücke. „Vielleicht ist es auch eine gute Sache, wenn mein Vater als Agent arbeitet. Man soll sein Land schützen, das hat man uns in der Schule beigebracht."

„Da gebe ich dir recht, Randy. Trotzdem solltest du ihn unbedingt selbst fragen."

„Er wird es abstreiten."

„Hast du denn schon intensiv nachgebohrt?"

„Nee, nie."

„Na also."

„Ich kenne ihn. Mein Vater hat Angst um seine Familie. Und meine Mutter hat Angst um mich. Das weißt du doch, Ela. Schließlich bist du oft genug bei uns. Sei vorsichtig, gib genau acht, die Ermahnungen habe ich tausendmal gehört und höre sie noch immer."

Michaela Schröder sah sehr erwachsen aus, als sie ihre Antwort gab. „Deine Mutter weiß mehr als du, Randy. Bisher hat sie ihre Hand über dich gehalten. Sie hat dich irgendwie beschützt. Jetzt aber sind Dinge eingetreten, denen du dich stellen mußt."

Randy nickte. „Obwohl ja noch nichts bewiesen ist", machte er sich selbst Mut. „So etwas gibt mir Hoffnung." Er lächelte leicht. „Oder meinst du nicht?"

„Klar doch."

Turbo und Benny hatten die beiden bewußt allein gelassen. Sie saßen sich gegenüber und sprachen miteinander.

„Die Gelegenheit ist wohl wirklich günstig", nahm Randy das Thema wieder auf. „Ich werde meinen Vater fragen."

„Gibst du mir dann Bescheid?"

„Ehrensache. Du hast doch den Stein ins Rollen gebracht." Randy schüttelte den Kopf. „Wenn ich daran denke... na ja, laß uns wieder zurückgehen. Diesmal mit Benny."

„Was sagst du?“

„Weiß ich nicht. Ich muß mir noch überlegen, wie ich es anfangen soll.“ Er lächelte. „Mir wird schon etwas einfallen. Das ist fast wie in der Schule. Um Ausreden darf man nie verlegen sein.“

Turbo kannte seinen Freund gut genug, um zu wissen, was dieser vorhatte. „Du willst zurück, das sehe ich dir an.“

„Genau.“

„Jetzt sofort?“

„Klar. Und Benny geht mit.“

„Wohin bitte?“

„Zurück ins Schloß. Wie heißt es bei euch so schön? My home is my castle.“

Der Schock

Dr. Peter Ritter schaute seinen englischen Gast lange an, bevor er nickte und erklärte: „Sie haben uns alle in eine sehr gefährliche Lage gebracht, James.“

„Das weiß ich. Ich bin Ihnen auch sehr dankbar für das, was Sie für meinen Sohn und mich tun. Wenn es eine Chance gibt, mich zu revanchieren, ich werde sie nutzen. Das verspreche ich Ihnen.“

„Davon wollen wir nicht reden.“

Die beiden Männer saßen sich im zweiten Arbeitszimmer von Dr. Ritter gegenüber. Es befand sich nicht im Turmanbau, sondern innerhalb des normalen Schlosses, und war auch kein Labor. Ein ziemlich großer Raum war als Bibliothek und zugleich Arbeitszimmer eingerichtet worden. Der sehr breite Schreibtisch stammte noch aus antiken Beständen. Man konnte viel darauf ablegen. Da Dr. Ritter in seiner Arbeit zwar ordentlich, ansonsten, was den Büro- und Schreibkram anging, jedoch ziemlich locker war, sah es auf der Schreibtischplatte

entsprechend aus. Die Papiere lagen kreuz und quer. Damit sie bei Durchzug nicht herabgeweht wurden, waren sie mit zahlreichen Gegenständen aus Metall beschwert worden.

Die beiden Männer saßen sich gegenüber und tranken Tee, den Marion Ritter zubereitet hatte. James Morton konnte aus dem Fenster schauen. Er hatte des öfteren schon gelächelt. Als es jetzt wieder passierte, erkundigte sich Peter Ritter nach dem Grund.

„Ich freue mich über den Tag heute. Über den Sonnenschein im Herbst und daß ich ihn im Westen erleben kann. Prag war zum Schluß, das sage ich Ihnen, Peter, die Hölle."

„Noch sind Sie nicht im Himmel."

„Es kommt mir so vor."

„Die Nacht haben Sie gut verbracht, wie Sie sagten." Peter Ritter schlug die Beine übereinander und schaute sein Gegenüber an. Er sah einen Mann vor sich sitzen, der etwas älter war als er selbst. Das Haar wuchs grau auf Dr. Mortons Kopf. Er besaß ein längliches Gesicht und einen sehr breiten Mund mit einem eckigen Kinn darunter, das wie gemeißelt wirkte. Seine

Augen blickten kühl. Die Pupillen zeigten eine graublaue Farbe. Er trug einen braunen Anzug, dessen Schnitt etwas aus der Mode gekommen war. Auch der dünne Pullover unter der Jacke saß zu eng.

Dr. Ritter indes war modisch auf der Höhe. Dafür sorgte schon seine Frau. Die weit geschnittene Wolljacke war in einem schrägen Muster aus Grün und Blau gestrickt. Dazu paßte die steinfarbene Hose mit den ausgestellten Beinen sehr gut.

„Sie wollten bestimmt noch etwas hinzufügen, Peter."

„In der Tat. Kurz nach unserer Ankunft wurde das Schloß von einem Hubschrauber überflogen."

James Morton hob seine Teetasse an, ohne jedoch zu trinken. Er starrte in die Tasse und nickte. „Ja, Sie haben recht, Peter. Ich hörte den Helikopter ebenfalls."

„Darf ich fragen, was Sie daraus folgern?"

„Daß man uns auch weiterhin auf der Spur ist. Die Flucht über die ‚grüne' Grenze hat zwar geklappt, aber ich bin noch nicht in London und somit nicht in Sicherheit."

„So sehe ich das auch. Man jagt Sie."

Dr. Mortons Blick nahm einen sehr ernsten Ausdruck an. „Damit bringe ich Sie und Ihre Familie in höchste Gefahr."

„Das habe ich damit nicht ausdrücken wollen."

„Es ist aber so."

„Im Moment vielleicht. Ich habe Alfred nach Düsseldorf geschickt, um alles weitere in die Wege zu leiten. Er wird sich dort mit einem Mann vom Secret Service treffen."

„Wo?"

„In einem Hotel."

„Große Hotels werden oft überwacht."

„Stimmt, aber Alfred ist vorsichtig, darauf können Sie sich verlassen, James. Ich vertraue ihm voll und ganz."

Dr. Morton setzte die Tasse ab. „Das können Sie auch, Peter. Ich habe selten einen so außergewöhnlichen Menschen erlebt. Was ist er eigentlich bei Ihnen?"

„Offiziell ist er als unser Diener eingestellt oder Mädchen für alles, wie wir es nennen."

„Was ist er tatsächlich?"

„Leibwächter, Bodyguard, Experte und ein Helfer für gefährliche Fälle. Unsere Regierung bezahlt übrigens sein Gehalt und auch die Spesen."

„Das ist eine gute Lösung. Woher kommt Alfred?"

Dr. Ritter lächelte. „Er ist da, das muß Ihnen genügen, James. Mehr kann ich Ihnen leider nicht sagen."

Der Engländer stopfte seine Pfeife. Als er das Zündholz anriß, sah Peter, wie sehr die Hand des Mannes zitterte. Wenig später glühte der Tabak. Ein herber Duft durchzog das Arbeitszimmer. „Lassen wir Alfred mal", sagte James Morton. „Ich möchte Ihnen nämlich noch etwas mitteilen, Peter."

Dr. Ritter rückte im Sessel vor. „Ist es etwas Unangenehmes?"

„Wie man es nimmt." Morton hob die Schulter, nahm die Pfeife aus dem Mund und behielt sie in der rechten Hand. Er schaute auf die Oberfläche des kokelnden Tabaks.

„Benny ist verschwunden."

„Wie bitte?"

„Er hat das Haus verlassen, ohne daß ich es verhindern konnte. Sie wissen ja, wie Jungen in dem Alter sind. Sie haben selbst einen."

Eine Schweigepause entstand, bis der Engländer fragte: „Wie steht Ihr Sohn zu Ihrer Arbeit?"

„Er kennt sich nicht aus."

„Weiß er nichts?"

„So ist es. Er kennt nur meinen Erst-Beruf."

„Ach so. Das ist natürlich etwas anderes." Morton nickte. „Benny hat die Jagd auf mich hautnah mitbekommen, wissen Sie. Ich kann ihm nichts mehr vormachen."

„Mir wird es bald ebenso ergehen, fürchte ich." Peter Ritter schaute nachdenklich auf ein Bücherregal. „Möglicherweise schon heute. Es ist fast sicher, daß sich die beiden treffen werden. Die können sich nicht aus dem Weg gehen, und dann werden Fragen gestellt."

„Wie alt ist Ihr Sohn jetzt?"

„Randy ist sechzehn."

„Das ist ein Alter, wo man Antworten erwartet, Peter. Sie müßten ihm schon die Wahrheit sagen. Es ist besser, bevor er sie aus zweiter Hand erfährt."

„Sie haben recht."

„Und dieser andere Junge, von dem Sie mir berichtet haben. Wie heißt er noch? Toshiki ..."

„Toshikiara. Wir alle nennen ihn wegen seines Namens nur Turbo. Das paßt besser."

„Haben Sie ihn adoptiert?"

„Nein, das nicht. Er wohnt bei uns. Turbo ist ein ehemaliger Brieffreund von Randy. Die beiden haben sich lange geschrieben, bis Turbo uns eines Tages besuchte. Wir erfuhren, daß seine Eltern verschollen sind. Er hat keine anderen Verwandten mehr. Als wir ihm vorschlugen, bei uns zu bleiben, willigte er ein. Ich habe alles mit den zuständigen Behörden regeln können. Er geht auch in die gleiche Schule wie Randy und erhält zudem noch Nachhilfe in Deutsch. Randy und er kommen blendend miteinander aus. Turbo fühlt sich bei uns wohl. Außerdem gehört noch Michaela Schröder zu den beiden Jungen. Die drei bilden eine verschworene Gemeinschaft. Sie nennen sich das Schloß-Trio."

Dr. James Morton lächelte. „Das finde ich gut, wirklich." Sein Lächeln zerbrach. „Ich habe mit meinem Jungen größere Schwierigkeiten. Benny ist nicht einfach."

„Das wird seine Gründe haben."

„Die gibt es in der Tat. Seine Mutter ist gestorben. Ich muß ihn allein großziehen, und das bei meinem Job, der mich mehr als nur Nerven kostet."

„Womit wir wieder beim eigentlichen Thema wären", sagte Dr. Ritter. „In Prag hat doch alles geklappt – oder?"

„Ja, ich habe die Unterlagen zurückholen können. War nicht einfach, bis ich das Vertrauen der anderen Seite erlangen konnte. Es ging schließlich alles gut, bis man mir auf die Schliche kam und ich so rasch wie möglich außer Landes mußte. Zum Glück haben Sie mir Alfred geschickt."

„Er wird in Düsseldorf bereits einiges in die Wege geleitet haben, wie ich ihn kenne."

„Dann könnten wir heute noch fliegen?"

„Zumindest am Abend."

Dr. Morton lächelte. „Wissen Sie, Peter, ich freue mich auf London. Auf den Tower, die Themse, auf Soho, auf die Parks und – Sie werden es kaum glauben – auch auf den Nebel. Er gehört einfach dazu. Im Herbst braucht die Stadt die graue Suppe, wie wir zu sagen pflegen. Ohne Nebel kein London." Dr. Morton griff wieder zur Teetasse und leerte sie restlos.

„Soll ich meiner Frau sagen, daß sie frischen Tee zubereitet?" fragte Dr. Ritter.

„Nein, danke, es reicht."

„Wie Sie wünschen. Sie wollten aber mein Labor sehen, James. Wie wäre es jetzt mit einer Besichtigung? Die Zeit ist günstig, sie..."

Das Telefon unterbrach ihn.

Dr. Ritter hob ab. Er kam nicht einmal dazu, seinen Namen zu sagen.

„Hören Sie nur zu, Ritter!"

Und Peter Ritter lauschte den Worten des ihm unbekannten Anrufers. Der sagte nur wenige Sätze, dann hängte er ein.

Auch Peter Ritter legte auf. Sein Gesicht war bleich geworden. Auf der Stirn standen die Schweißperlen wie kleine Kugeln. Eine Hand preßte er in Höhe des Magens gegen den Leib.

Dr. Morton fiel natürlich die Veränderung des Deutschen auf. „Was ist denn mit Ihnen, Peter? Was haben Sie?"

Randys Vater schaute hoch. „Jetzt ist es passiert", flüsterte er. „Sie haben Alfred..."

Es war auch für Dr. Morton wie ein Treffer, den er in die Magengrube bekommen hatte. Schon halb aus dem Sessel, ließ er sich wieder zurückfallen und ballte die Hände zu Fäusten.

„No!" flüsterte er, „no, das kann nicht wahr sein. Das darf nicht wahr sein."

„Es ist aber so!"

Die Männer schwiegen. Nur ihre Atemzüge durchbrachen die Stille im Zimmer. Draußen war die helle Sonne am Himmel erschienen und dampfte die letzten Schwaden fort. Sie fand auch ihren Weg durch die Scheibe und malte einen Teil der Regale hell an.

James Morton fand die Sprache als erster wieder. „Was ist genau geschehen?"

„Das kann ich Ihnen nicht sagen", erwiderte Dr. Ritter mit Flüsterstimme. „Der mir nicht bekannte Anrufer erklärte nur, daß er Alfred hätte und wir abwarten sollten."

„Was ist mit der Polizei?"

„Die dürfen wir keinesfalls einschalten. Davor hat mich der Mann ebenfalls gewarnt."

„Was werden Sie tun?"

„Ich habe keine Ahnung. Von mir aus nichts. Ich werde wohl oder übel auf den nächsten Anruf warten müssen."

„Hat man Ihnen eine Zeit mitgeteilt?"

„Nein. Oder nur sehr schwammig. Der Mann sprach davon, daß er im Laufe des Tages etwas von sich hören lassen würde. Es sieht ziemlich übel aus, sage ich Ihnen."

„Die Stimme haben Sie nicht erkannt?"

Dr. Ritter schüttelte den Kopf. „Es war ein Fremder. Ich glaube auch nicht, daß es sich bei ihm um einen Deutschen gehandelt hat. Er redete sehr schnell und hatte dabei eine harte Aussprache. Das läßt auf ein osteuropäisches Land schließen."

„Die Tschechoslowakei."

„Möglich."

„Da komme ich gerade her." Nahezu hilflos hob Dr. Morton die Schultern. „Ich kann es noch immer nicht richtig fassen. Alfred gekidnappt. Dabei hat er mich aus dieser Hölle herausgeholt. Es war eine waghalsige Flucht, die wir hinter uns haben." Schnaufend holte er Luft. „Es ist Ihnen ja klar, daß nicht Alfred gemeint ist, sondern ich. Er ist nur die schwache Stelle in der Gleichung gewesen. Die andere Seite muß uns beobachtet haben. Besonders Alfred. Wo wollte er denn in Düsseldorf genau hin?"

„Wie gesagt, er wollte sich mit dem Vertreter einer Ex- und Importfirma in einem Hotel an der Königsallee treffen."

„Wobei der Mann sicherlich für den Geheimdienst tätig ist?"

„Klar."

„Wie heißt das Hotel?"

Dr. Ritter stand auf. „Ich werde dort anrufen und nachfragen, ob Alfred überhaupt eingetroffen ist."

„Kennen Sie denn den Namen des anderen?"

„Ja. Er nennt sich Grünberg. Heiko Grünberg." Dr. Ritter stand bereits am Schreibtisch und schlug das Telefonbuch von Düsseldorf auf. Die Nummer des Hotels hatte er sehr bald gefunden, tippte die Zahlen in die Tastatur und kam sofort durch.

„Mein Name ist Ritter", meldete er sich. „Bei Ihnen in der Halle wartet ein gewisser Herr Grünberg. Wären Sie so freundlich, ihn bitte ans Telefon zu holen?"

Peter Ritter mußte warten. Dr. Morton schaute ihn gespannt und auch ein wenig furchtsam an, sah das Nicken des Deutschen und auch, wie dieser zusammenzuckte.

„Ja, Herr Grünberg?"

„Genau."

Dr. Ritter hatte die Lautsprecher-Anlage eingeschaltet, so konnte sein englischer Gast mithören.

„Sie wissen, wer ich bin?"

„Natürlich. Sie wollten einen Kontaktmann zu mir schikken."

„Wollten?" Peter Ritter räusperte sich. „Da sagen Sie etwas." Er fuhr durch sein Haar und wühlte es auf. „Ist mein Kontaktmann denn nicht eingetroffen?"

„Leider nicht."

„Für wann waren Sie denn verabredet?"

Grünberg nannte die Uhrzeit.

„Ja, die ist überschritten."

„Hören Sie, Herr Ritter. Ist etwas geschehen? Soll ich noch weiter warten oder ...?"

„Ich glaube, es hat keinen Sinn, wenn Sie sich im Hotel aufhalten. Tut mir wirklich leid für Sie. Ich werde wieder etwas von mir hören lassen, falls sich die Sachlage verändert hat."

„Was ist denn überhaupt geschehen? Ich bin über Ihren Anruf und die Fragen verwundert."

„Es ist nichts passiert. Nur eine kleine Unstimmigkeit. Ich bedanke mich bei Ihnen, Herr Grünberg." So rasch wie möglich legte Dr. Ritter auf. Er drehte sich um, holte ein Tuch aus der Hosentasche und tupfte Schweißperlen von seiner Stirn.

„Das war kein Bluff", sagte sein englischer Kollege.

„Nein, das war es nicht."

Neben dem Schreibtisch blieb Dr. Ritter stehen. Er schaute durch das Fenster und sah die drei Jungen, die auf das Schloß zugingen. Randy und Turbo hatten Benny Morton in die Mitte genommen und sprachen auf ihn ein.

„Schauen Sie mal, James."

Dr. Morton stand auf und kam zum Fenster. Er nickte. „Es ist das eingetroffen, was wir befürchtet haben. Man kann Benny nicht an die Leine legen oder einsperren. Er ist einfach nicht der Typ. Tut mir wirklich leid, Peter."

„Es war auch meine Schuld. Ich hätte den Jungen ins Vertrauen ziehen müssen."

„Und nun?"

Peter Ritter trat vom Fenster weg. „Es hat sich einiges geändert. Zumindest gibt es Zeitverschiebungen."

„Die ich Benny erklären muß."

„Da sagen Sie was. Und wie wollen Sie es machen? Welche Ausrede wollen wir nehmen? Wir können ihnen nicht die Wahrheit sagen."

Der Engländer war nicht Dr. Ritters Ansicht. „Es kommt darauf an, wie sich die Dinge weiter entwickeln. Es wird doch darauf hinauslaufen, daß man Alfred gegen mich oder die Unterlagen an irgendeinem Ort austauschen will. Sehe ich das richtig?"

„Davon kann man ausgehen."

„Man wird uns ferner unter Druck setzen. Wenn wir die Polizei oder irgendeine andere Organisation einschalten, ist es aus. Sie werden Alfred töten."

Dr. Ritters Gesicht wurde hart. „Das befürchte ich auch."

„Demnach können wir erst etwas unternehmen, wenn wir wissen, was die andere Seite genau vorhat. Sie muß mit Details ankommen, mit Einzelheiten, verstehen Sie?"

„Alles klar, James. Wir warten zunächst einmal ab. Ich schätze, daß der zweite Anruf bald erfolgen wird und..."

Es klopfte. Dr. Ritter stoppte mitten im Satz, um ein „Herein!“ zu rufen.

Sehr vorsichtig wurde die Tür nach innen gedrückt. Bennys Gesicht erschien. Auf seinen Zügen lag ein Lausbubenlächeln. „Hi, Dad“, sagte er in seiner Muttersprache. „Ich habe hier neue Freunde gefunden.“

Dr. Morton zwang sich zu einem Lächeln. „Das finde ich toll. Sind es Randy und Turbo?“

„Du kennst sie?“

„Dr. Ritter erzählte mir von ihnen.“

Turbo und Randy standen hinter Benny. Randy winkte seinem Vater zu, der zurückgrüßte.

„Was habt ihr denn jetzt vor?“ fragte James Morton.

Randy drängte sich durch. „Eigentlich wollte ich Benny die Gegend etwas zeigen.“

Damit war sein Vater nicht ganz einverstanden. Allerdings konnte er es Randy auch nicht verbieten. Der Junge hätte sofort nach den Gründen gefragt.

„Es ist gut“, stimmte er deshalb zu, „genießt das Wetter an diesem schönen Wochenende.“

„Danke, Vati.“ Randy schaute seinen Alten Herrn an. „Sonst ist nichts?“ fragte er.

„Nein, was sollte sein?“

„Ich meine ja nur.“

„Wir sehen uns beim Essen. Tut mir leid, Kinder, aber ich habe mit Dr. Morton noch einiges zu bereden.“

„Klar, wir verziehen uns schon.“

Sie schlossen die Tür von außen. Dr. Ritter ließ sich in einen Sessel fallen. „Geschafft!“ stöhnte er. „Ich weiß nicht, ob die Jungen Verdacht geschöpft haben, kann es mir auch nicht vorstellen. Jedenfalls hoffe ich nur, daß die andere Seite die Kinder aus dem Spiel läßt.“

„Sie werden sich mit mir zufriedengeben“, erklärte James Morton mit leiser Stimme.

Überzeugt war er von seinen eigenen Worten trotzdem nicht...

Ein geheimnisvoller Anruf

Schon beim Eintritt in die Halle war Benny staunend stehengeblieben und hatte erklärt, daß er in einem so tollen Schloß auch gern wohnen würde.

„Es hat auch seine Nachteile“, hatte Randy erklärt.

„Und welche?“

„Wir liegen ziemlich einsam. Weg von der Action, verstehst du?“

„No.“

Auch jetzt standen sie wieder in der Halle.

Randy schaute auf die Uhr. „Wir haben noch etwas Zeit. Willst du mein Zimmer sehen?“

„Gern.“

„Und meines auch, nicht?“ fragte Turbo.

„Klar doch.“ Den Ausdruck hatte Benny schon gelernt und freute sich darüber, daß er ihn hatte anbringen können.

Die drei Jungen stiefelten die breiten Stufen der Treppe hoch. Ebenso breit war der Gang in der ersten Etage. Benny betrachtete die zahlreichen Bilder an den Wänden, auch die Figuren, die in den Nischen standen, und nickte einige Male.

„Very good. Mir gefällt es.“

„Uns auch.“ Randy war vor seiner Zimmertür stehengeblieben. Turbo kam zu ihm. Sie mußten noch auf Benny warten, weil dieser sich immer wieder umschaute.

„Du hast deinen Vater nicht gefragt.“

„Was sollte ich machen, Mensch. Der war beschäftigt. Er sah so aus, als hätte er mir die Frage zu dem Zeitpunkt irgendwie übelgenommen.“

„Vielleicht hat er sich darüber geärgert, daß wir mit Benny zusammen waren.“

Randy winkte ab. „So schlimm ist das auch nicht. Nein, das muß etwas anderes gewesen sein. Ich kenne doch meinen Vater. Der hat ein Gesicht gemacht, als wäre ihm eine Laus über die Leber gelaufen. Aber eine verflixt große.“

„Kann ich jetzt das Zimmer sehen?“ fragte Benny.

„Bitte sehr.“ Randy öffnete ihm die Tür, und Benny trat

über die Schwelle, wobei er schon anfing zu staunen und durch die Nase Luft holte. „Das ist aber groß“, sagte er. „Hätte ich nicht gedacht, wirklich nicht.“ Er pfiff durch die Zähne.

Der Junge ging etwas zögernd in das Zimmer, bewunderte die Hi-Fi-Anlage und ließ seinen Blick über die graue Mattscheibe des Fernsehers streifen.

„Daß du so darüber staunst, wundert mich“, sagte Randy. „Wie sieht denn dein Zimmer aus?“

„Ich habe in der letzten Zeit keines gehabt. Dad und ich wohnten in Prag immer im Hotel.“

Benny ging zum Fenster, schaute hinaus und war wieder begeistert. „Das ist toll.“ Er drehte sich um und wies auf das Skateboard. „Fährst du auch damit?“

„Manchmal.“

„Oh, I like it.“ Benny schaute sich um. „Bücher hast du auch. Viele sogar.“

„Die braucht man eben.“

Dann entdeckte Benny den Computer. „Wonderful!“ schwärmte er. „Den liebe ich auch. Hast du Video?“

„Ein paar Kassetten. Das war mir dann zu langweilig. Ich lese lieber.“

„Kann ich verstehen.“

Turbo hatte sich auf Randys Bett gesetzt und den Buddha-Sitz eingenommen. „Willst du meine Bleibe auch sehen?“

„Was ist... Bleibe?“

„Das Zimmer meine ich.“

„Gern.“

Turbo erhob sich mit einem geschmeidigen Ruck, während Benny nach zwei Hanteln gegriffen hatte und diese hochstemmte. „Nicht leicht“, kommentierte er.

„Da habe ich auch etwas ganz Besonderes versteckt“, erklärte Turbo und schaute Randy an. „Sollen wir es ihm zeigen?“

„Das mußt du wissen.“

„Ich zeige es ihm.“

„Darf ich raten?“ fragte Benny und legte die Hanteln weg.

„Das errätst du nie!“

„Einen Super-Computer."

„Falsch."

Benny legte einen Finger gegen die Nase. „Comics aus Japan?"

„Auch nicht richtig."

„Was dann?"

„Komm mit, ich werde es dir zeigen."

Die drei verließen den Raum. Sie brauchten nicht weit über den Flur zu gehen. Hinter der nächsten Tür auf der rechten Seite lag das Zimmer des japanischen Jungen.

Turbo ließ die Tür aufschwingen. „Da ist mein Zimmer", erklärte er nicht ohne Stolz.

Benny trat vorsichtig über die Schwelle. Natürlich besaß Turbo nicht so viele Dinge wie Randy. Er hatte den Raum auch anders eingerichtet. An den Wänden hingen die Bilder seiner Eltern, die er vergrößert hatte. Turbo hatte einige Hobbys. Unter anderem zählte auch die Fotografie dazu. In letzter Zeit aber interessierte er sich sehr für die Geschichte seiner Heimat. Er hatte sich auch die entsprechenden Bücher besorgt, die neben seinem Bett gestapelt standen.

Auf die fiel Bennys Blick. „Das ist es also, was ich sehen sollte!"

„Nein, das ist es nicht."

Turbo hatte sich neben sein Bett gekniet und machte sich noch kleiner, damit er seinen Arm auch unter die Schlafstätte schieben konnte. Er bewegte die Hand hin und her, bis sie das zu fassen bekam, was er suchte.

Mit einem schleifenden Geräusch zog er einen Kasten unter dem Bett hervor, bei dessen Anblick Benny große Augen bekam. „Eine Musik..."

„Nein, keine Geige oder Violine." Turbo legte den dunklen Kasten behutsam auf das Bett.

Benny war näher getreten, während Randy sich zurückhielt. Er kannte den Inhalt des Kastens gut genug.

Turbo machte es spannend. Er nahm sich Zeit, bis er den Kasten öffnete. Sehr vorsichtig schob er das Oberteil in die Höhe, ging zur Seite und ließ Benny hineinschauen.

„Da kannst du es sehen."

„Oohhh..." Benny bekam große Augen und staunte laut, bevor er einen Kommentar abgab. „Das ist ja... das ist ein Sword..."

„Ja, ein echtes Schwert. Ein altes sogar. Es stammt aus Japan und gehört meinen Eltern. Sie haben es mir gegeben, damit ich es für sie aufbewahre."

Benny nickte nur. „Haben deine Eltern auch damit gekämpft?"

„Früher vielleicht."

„Darf ich es anfassen?"

„Du kannst es sogar herausnehmen."

Benny strahlte, als ihm diese Antwort erteilt wurde. Er hob es hoch, wunderte sich über das Gewicht und hielt es so vorsichtig, als würde er Porzellan halten.

„Es ist schon etwas Großes. Das spüre ich. Ich glaube sogar, daß es lebt."

„Wie?" fragte Turbo.

„Ja, für mich lebt es. Darin eingeschlossen ist ein Ghost. Es ist wie im Kino bei einem Fantasy-Film."

Turbo mußte grinsen. „Von einem Geist sprichst auch nur du. Die gibt es vielleicht im Keller."

„Habt ihr einen?" Benny sprang darauf sofort an.

„Ja", bestätigte Randy. „Sogar mit alten Verliesen und einem Geheimgang, der so geheim ist, daß wir ihn noch nicht entdeckt haben. Er soll unter der Erde bis zur Straße führen."

Benny hatte mit offenem Mund zugehört. „Das ist ja etwas ganz Tolles", flüsterte er. „Der Keller..."

„Da unten befindet sich auch unser Fitneß-Raum", erklärte Randy. „Wenn du willst, kannst du radfahren, rudern, Hanteln und Gewichte stemmen, auch..."

„No, no." Benny schüttelte den Kopf. „Das ist nichts für mich." Er ließ das Schwert wieder sinken. „Eine sehr schöne Waffe. Du hast sie wirklich von deinen Eltern bekommen?"

„Ja, man hat sie mir überlassen. Ich soll sie gut aufbewahren."

„Seine Eltern sind nicht in Germany", sagte Randy. „Wenn

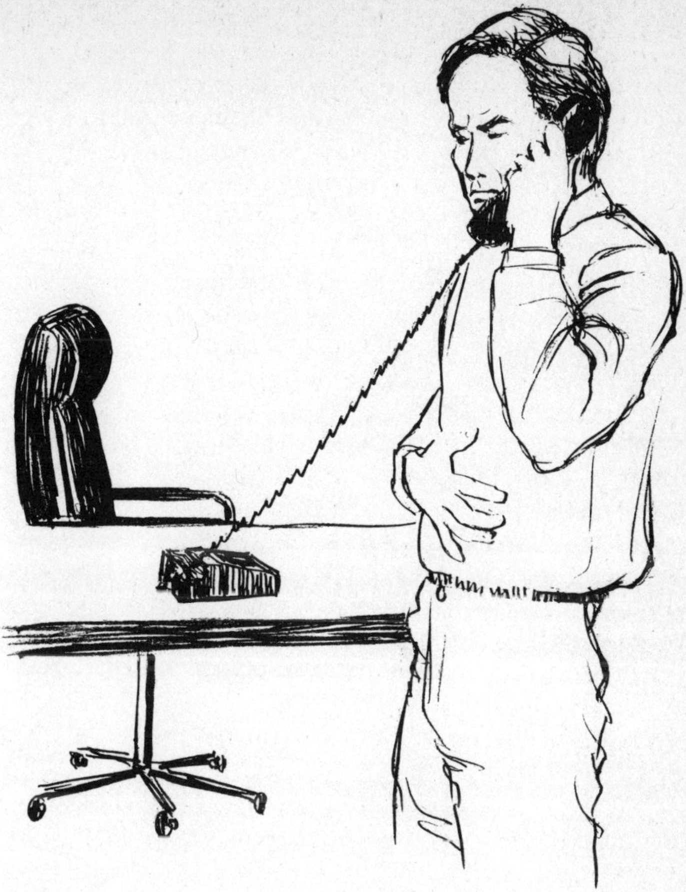

sie kommen, dann werden sie auch das Schwert wieder an sich nehmen. Es ist wirklich etwas Besonderes. Das stimmt."

Benny trat einen Schritt zurück. „I like Fantasy. Dieses Schwert ist für mich great..."

Randy schaute auf die Uhr. „Ich finde, daß es allmählich Zeit wird für uns."

„Wo wollen wir hin?"

„Mittagessen."

„Brunch?"

„So etwas Ähnliches“, sagte Randy, legte Benny eine Hand auf die Schulter, drehte ihn herum und schob ihn auf die Tür zu. „Du wirst wieder etwas Neues kennenlernen.“

„Was?“

„Erbsensuppe.“

„Oh, Suppe.“ Benny hob die Augenbrauen. „Ich kenne Suppe.“

Randy stand schon auf dem Gang. Er hatte sich über das Geländer gebeugt und schnüffelte in die Tiefe. „Ich rieche sie schon“, sagte er, wobei er noch die Augen verdrehte. „Die ist stark. Kommt, bevor sie kalt wird.“ Er machte den Anfang und nahm zwei Stufen auf einmal beim Hinabgehen.

Turbo und Benny blieben ihm auf den Fersen, auch wenn sie langsamer gingen. Randy stand schon in der Halle und wollte sich gerade zur Küche hinwenden, als das Telefon läutete.

Die Ritters besaßen mehrere Apparate, die im Haus verteilt standen. Auch in der geräumigen Halle befand sich ein Telefon. Randy stand sehr günstig. Er hob ab, bevor ein anderer sich melden konnte.

Der Junge kam nicht dazu, seinen Namen zu sagen, denn er hörte sofort die Stimme des Anrufers.

„Passen Sie jetzt auf, Ritter. Wir haben ihn, das wissen Sie. Wenn Sie ihn zurückhaben wollen, fahren Sie mit Morton nach Düsseldorf und warten Sie in einem bestimmten Lokal.“ Der Anrufer nannte jetzt den Namen. Das Lokal lag nahe der Kö. „Sie können losfahren und warten auf uns. Wir werden uns melden. Vergessen Sie Morton nicht. Ach so, noch etwas. Alfred sehnt sich nach Ihnen.“

Mehr sagte der Anrufer nicht. Er hatte schon wieder aufgelegt, und Randy schaute den Hörer an, als hielte er etwas völlig Fremdes in seiner Hand.

Die beiden anderen Jungen waren inzwischen bei ihm. Turbo fiel auf, wie blaß sein Freund geworden war. „Was ist denn passiert? Du siehst aus, als hättest du ein Gespenst gesehen.“

„Nicht gesehen, gehört.“

„Wie?“

„Da rief ein Unbekannter an, der etwas von Bennys Vater

wollte. Und Alfred ist auch mit im Spiel. Sie sollen sich in einem Lokal in Düsseldorf treffen."

„Worum geht es denn?"

„Das weiß ich nicht genau", flüsterte Randy. „Er scheint aber nicht eben freundlich zu sein. Und was mit Alfred ist, weiß ich auch nicht."

„Der ist doch in Düsseldorf, denke ich."

Randy nickte Turbo zu. Benny stand schweigend daneben und verstand nur Bahnhof. „Stimmt, der ist in Düsseldorf. Der Anrufer sagte, daß Alfred sich nach uns sehnt."

„Da ist irgend etwas schiefgelaufen, fürchte ich."

„Genau, Turbo, der Meinung bin ich auch." Randy spürte eine Hitzewelle, die bis in seinen Kopf stieg und die Gesichtshaut rötete. „Das ist unwahrscheinlich. Wenn ich darüber nachdenke, dann..."

Jemand stieß heftig eine der Türen auf. Es war Dr. Ritter, der in die Halle stürmte, die Jungen neben dem Telefon stehen sah, stoppte und tief Luft holte.

„Hallo, Vati."

Dr. Ritter räusperte sich. „Hast du den Hörer abgenommen, Randy?"

„Ja. Es klingelte und..."

„Wer war es? Wer hat angerufen?"

„Ich kann es dir nicht sagen. Der Mann hat seinen Namen nicht genannt. Auch die Stimme habe ich nicht erkannt. Es muß jemand gewesen sein, der Alfred auch kennt, weil er davon gesprochen hat, daß Alfred sich nach uns sehnen würde."

Auch Dr. Morton war gekommen und hatte die letzten Worte mitbekommen. Sein Gesicht verlor ebenfalls an Farbe. „Das waren sie", sagte er zu Peter Ritter gewandt.

„Und mein Sohn hat mit ihnen gesprochen."

James Morton starrte Randy so scharf an, daß dieser unwillkürlich zurücktrat. „Was ist denn, Mr. Morton? Habe ich etwas Böses getan? Ich... ich bin mir keiner Schuld bewußt."

„Hey, Dad, what's the matter?"

Dr. Morton ging nicht auf die Frage seines Sohnes ein. Er wollte wissen, was der Anrufer gesagt hatte.

„Soll ich, Vati?“

„Ja, du mußt reden, Randy. Hier geht es um mehr, als du dir vorstellen kannst.“

„Gut.“ Randy fühlte sich unwohl. Er wurde angeschaut, man wartete auf seine Aussage, und er versuchte, die einzelnen Sätze wieder zusammenzubekommen. Es gelang ihm leidlich, auch wenn der unbekannte Anrufer ihn geschockt hatte.

Die beiden Männer nickten sich zu. Dr. Ritter sagte: „Es ist so gekommen, wie wir uns es gedacht haben. Wollen Sie in den sauren Apfel beißen, James?“

„Bleibt mir etwas anderes übrig?“

„Sie können ablehnen.“

„Und Alfred?“

Dr. Ritter hob die Schultern. „Das müssen Sie entscheiden, James. Ich halte mich da raus.“

James Morton dachte nur kurz nach, bevor er den Kopf schüttelte. „Nein, auf keinen Fall. Ich kann Alfred nicht im Stich lassen. Überlegen Sie mal. Er hat uns aus dem Ostblock geholt. Eine waghalsige Flucht ist das gewesen. Er hat sein Leben für uns riskiert. Wenn ich ihn jetzt allein lassen würde, könnte ich am Morgen nicht mehr in den Spiegel sehen. Ich muß nach Düsseldorf.“

Die Jungen hatten zugehört, ohne richtig zu begreifen. Natürlich lagen Randy zahlreiche Fragen auf der Zunge, nur traute er sich nicht, sie zu stellen. Sein Vater hatte einen Blick bekommen, der ihn vorsichtig werden ließ.

Dafür sprach Turbo Dr. Ritter an. „Hat man Alfred vielleicht entführt?“

Es war für alle eine wichtige Frage, eine sehr wichtige sogar, Benny möglicherweise ausgenommen, er sprach nicht so gut deutsch. Nach der Frage stand das Schweigen wie eine Wand in der Halle. Durch die Fenster schienen die hellen Sonnenstrahlen, zeichneten sich auf dem Boden ab und ließen einen Teil des Geländers als versetzten Schatten entstehen.

Dr. Morton bewegte den Kopf. Sein deutscher Kollege war direkt angesprochen worden, und Peter Ritter nickte sehr schwerfällig. „Ja“, gab er zu, „Alfred ist entführt worden. Wir haben heute morgen den ersten Anruf bekommen. Dieser hier, am Mittag, war der zweite. Man hat ihn entführt, damit ihr Bescheid wißt."

Die Jungen sagten nichts. Benny schaute gegen die Sonne und blinzelte. Turbo wollte es kaum glauben, obwohl er die Frage gestellt hatte.

„Jetzt seid ihr informiert", unterbrach Dr. Morton das Schweigen. „Alfreds Entführung hat unmittelbar mit meiner Person zu tun. Es geht nicht um Alfred, sie wollen mich."

„Wer sind sie?" fragte Randy, wobei ihm seine eigene Stimme selbst fremd vorkam.

„Feinde, Gegner. Sie stehen auf der anderen Seite. Es geht um wichtige Dinge."

„Agenten?"

„So kann man es nennen, Randy."

Eigentlich meinte er ja seinen Vater, ihn aber traute er sich nicht direkt zu fragen, deshalb sprach Randy Dr. Morton an. „Sind Sie auch ein Agent?"

„Ich bin Wissenschaftler."

„Ja, das weiß ich. Mein Vater ist auch Wissenschaftler. Schließt das eine das andere denn aus, Vati? Bitte, du mußt es uns sagen. Wir haben einen Verdacht. Benny hat uns berichtet, daß..."

Dr. Ritter hob die rechte Hand. „Ich will ehrlich zu dir sein, Randy. Das eine schließt das andere nicht aus. Du weißt, daß ich oft unterwegs bin. Da halte ich nicht nur Vorträge an Institutionen oder Universitäten. Ich muß mich auch um andere Dinge kümmern. Einzelheiten darf ich dir auch nicht sagen. Aber ich arbeite für unser Land, das kann ich dir versichern."

Randy fuhr sich über die Stirn. Seine Lippen zuckten. Es lagen ihm noch weitere Fragen auf der Zunge, er bekam sie einfach nicht heraus.

Dafür sprach wieder Turbo. „So wie James Bond?"

„Nein, Turbo. Das ist übertrieben. Wir arbeiten anders. Nicht so spektakulär, obwohl manchmal Dinge passieren, die hart an der Grenze sind. Wie die Flucht der beiden Mortons aus der Tschechoslowakei."

James Morton nahm den Faden auf. „Wir dachten, hier in Westdeutschland sicher zu sein. Das war ein Irrtum. Die andere Seite hat uns verfolgt, nicht erwischt, aber sie holte sich Alfred."

„Daß er sich so einfach überrumpeln läßt", murmelte Turbo. „Das verstehe ich nicht."

„Alfred ist kein Supermann", sagte Dr. Ritter. „Du darfst auch nicht vergessen, daß er allein war. Diejenigen, die ihm eine Falle gestellt haben, müssen in der Überzahl gewesen sein."

„Weiß Mutti denn Bescheid?"

„Ja, das ist mir bekannt!" Marion Ritters Stimme klang durch die Halle. Niemand hatte bemerkt, daß sie aus der Küche gekommen war. Überdies stand sie im Schatten.

Die beiden Männer drehten sich um. „Marion, bitte." Peter Ritter lief auf seine Frau zu, die abwehrend den Kopf schüttelte.

„Nein, laß nur. Ich habe alles mit angehört. Ich weiß darüber Bescheid, in welch einer Klemme Alfred steckt."

„Hast du denn auch eine Lösung parat?"

Wie lange ist Alfred jetzt bei uns?" wandte sich Marion Ritter an ihren Gatten. „Drei Jahre oder vier?"

Peter Ritter fühlte sich unbehaglich. „Eher vier, glaube ich."

„Genau, Peter." Sie nickte. „Vier Jahre. Er ist längst kein Angestellter mehr oder ein Mädchen für alles, wie wir es gern genannt haben. Für mich ist Alfred zu einem Mitglied der Familie geworden. Ich nehme an, daß es bei euch ähnlich ist."

Randy und sein Vater nickten.

Marion Ritter fuhr fort. Sie sprach mit einer Stimme, die Randy von ihr nicht gewohnt war. Sie klang nicht hart, dennoch sehr energisch und zeugte von einem unbeugsamen Willen und Durchsetzungsvermögen. „Alfred hat in dieser Zeit viel für uns getan und uns aus mancher Klemme geholfen. Jetzt sind wir an der Reihe, um ihm zu helfen. Wir müssen uns einfach revanchieren."

Peter Ritter atmete tief ein. Es war ein fast stöhnender Atemzug. „Und meinen Kollegen James Morton dafür opfern?" fragte er leise. „Wir haben es hier nicht mit Betschwestern zu tun. Wenn die andere Seite merkt, daß wir sie reinlegen wollen, sieht es für Alfred mehr als schwarz aus. Noch etwas kommt hinzu. Gehe ich auf den Vorschlag ein, werden Sie James Morton verschleppen. Ein zweites Mal bekommen wir ihn nicht mehr hinter dem Eisernen Vorhang raus."

„Du hast recht, Peter", sagte Marion Ritter. „Was wir auch tun, es wird immer das Falsche sein und unser Gewissen belasten. Dabei können wir nicht einmal die Polizei einschalten."

„Offen nicht." Peter Ritter strich über seine linke Augenbraue. „Ich könnte höchstens mit Horst Hartmann ein vertrauliches Gespräch führen."

Kommissar Hartmann war ein Freund der Familie. Er arbeitete bei der Kripo Düsseldorf, hatte aber andere Fälle aufzuklären, als solche, in denen Agenten eine Hauptrolle spielten.

James Morton mischte sich ein. „Sie würden Ihren Freund nur in Verlegenheit bringen. Er ist Polizist und stünde dann in einem Gewissenskonflikt. Das meine ich."

Dr. Ritter winkte ab. „So ganz würde ich das nicht unterstreichen. Ich kenne Horst schon lange. Praktisch von der Schulbank her. Er weiß genau, wann er eingreifen muß und wann es besser ist, sich zurückzuhalten. Da bin ich mir schon sicher."

James Morton überlegte. Es fiel ihm schwer, etwas zu sagen. Er knetete seine Finger und schaute auf Benny, der nicht alles verstanden hatte, im Prinzip aber wußte, um was es ging.

„Darf ich kurz mit meinem Sohn sprechen?"

„Selbstverständlich."

Die anderen schauten zu, wie James Morton auf Benny zuging, der ihm entgegenschaute, etwas sagen wollte, doch keinen Ton über seine zitternden Lippen brachte.

James Morton legte Benny die Hand um die Schulter. Sie blieben nicht an der gleichen Stelle stehen. Gemeinsam schritten sie auf den Kamin zu und begannen ihr Gespräch. Sie flüsterten, keiner der anderen verstand etwas.

Randy hielt besonders den Sohn des Agenten im Auge. Benny nickte einige Male, wischte auch verstohlen über seine Augen und drückte hin und wieder die Hand seines Vaters, dem die Rührung ebenfalls anzumerken war.

Keiner störte, keiner sprach ein Wort. Jeder hing seinen eigenen Gedanken nach.

Randy fühlte sich nicht wohl. Er hatte geahnt, daß sein Vater nicht nur Wissenschaftler war. Daß es aber so dick kommen würde, damit hätte er nicht gerechnet. Er fand es nicht einmal spannend, in diesen Augenblicken war ihm das alles eher eine Last. Sogar fremd kam ihm sein Vater vor.

Die Mortons drehten sich wieder um. Benny hatte sich bei seinem Vater eingehängt, als wollte er ihn nie wieder loslassen. „Wir haben uns entschieden", erklärte James Morton. „Es ist nicht gut, wenn ich jetzt kneife. Ich werde mich den Leuten stellen, wobei ich einen Vorteil habe. Ich befinde mich hier im Westen. Man könnte etwas unternehmen, und die Chancen für eine Befreiung wären größer."

Dr. Ritter nickte seinem Kollegen zu. „Ich danke Ihnen, James", sagte er mit leiser Stimme. „Ich danke Ihnen aus vollem Herzen und auch im Namen Alfreds."

„Können wir dann fahren?"

„Ja, in wenigen Minuten."

„Haben Sie auch einen Wagen?"

„Sie können meinen Golf nehmen", sagte Marion Ritter.

Ihr Mann drehte sich um und ging, um seine Jacke zu holen. James Morton verabschiedete sich von seinem Sohn. Er drückte ihn an sich. Randy und Turbo hörten, wie Benny immer den Namen seines Vaters sprach und auch von der Mutter redete, die ja nicht mehr lebte.

„Ich werde zurückkommen!" flüsterte Morton. „I'll come back. Das verspreche ich dir, mein Sohn."

„I believe it, Dad." Ich glaube dir.

Peter Ritter kehrte zurück. Auch er mußte sich verabschieden. Bei seiner Frau fing er an, die er fest umarmte. Dann war Randy an der Reihe. „Ich muß mich entschuldigen, Junge, daß ich dich nicht früher einweihen konnte. Jetzt hat sich alles überschlagen."

„Macht nichts, Vati. Komm nur gesund zurück. Und hol Alfred raus. Bitte."

Auch Turbo bekam seinen Händedruck. „Ich lasse dann wieder von mir hören“, sagte Dr. Ritter zum Abschied. Seine Stimme klang belegt.

Die beiden Männer gingen. Marion Ritter hielt es nicht aus. Sie lief ihnen nach.

Turbo und Randy kümmerten sich um den Freund aus England. Benny hockte auf der drittuntersten Treppenstufe. Er hatte seine Hände vor das Gesicht geschlagen. Seine Schultern zuckten. Er weinte nicht laut, das stille Schluchzen war noch schlimmer.

„Man ist so hilflos“, sagte Randy leise. „So verflixt hilflos. Am liebsten würde ich losrennen und Alfred da selbst herausholen. Aber das geht nicht.“

„Nein, das geht wirklich nicht“, hauchte Turbo.

Marion Ritter kehrte zurück. Sie ging mit schleppenden Schritten. Auch ihre Augen waren leicht gerötet. „Jetzt weißt du viel“, sagte sie und blieb vor ihrem Sohn stehen. „Vati hätte dich schon früher eingeweiht. Ich wollte es nicht.“

„Ist er denn ein Spion, Mutti?“

„Nein, er ist kein Spion.“ Sie rief den Satz laut. „Er übernimmt nur manchmal gewisse Aufträge. Das hat er damals auch gelernt, verstehst du? Er ist nicht allein Wissenschaftler und Ingenieur.“

„Ich glaube, daß ich es verstehe“, antwortete Randy. „Ich muß darüber erst noch nachdenken.“

„Das sollst du auch.“ Frau Ritter lachte plötzlich unmotiviert auf. „Dabei habe ich die Erbsensuppe auf dem Ofen stehen. Wir wollten doch essen, Kinder.“

„Hast *du* denn noch Hunger, Mutti?“

„Ehrlich gesagt, nein.“

„Ich auch nicht mehr.“

Benny und Turbo stimmten Randy zu. Und noch eines hatten die vier gemeinsam. Die Angst um zwei Väter und um Alfred...

Gefangen

Der Raum war eng, muffig, und es stank auch. Der Geruch strömte aus einem Gully in der Mitte.

Von der Decke her fiel das Licht einer vergitterten Lampe genau auf den Gullydeckel. Unter dem Deckel mußte einer der Abwasser-Kanäle liegen, und das Gefängnis des Mannes selbst befand sich in der Hafengegend, unweit des Rheins.

Alfred hatte es im Hotel erwischt. In der großen, unübersichtlichen Halle, wo er sich einen Drink bestellt hatte und mit seinem Kontaktmann sprach. Zwei Schlucke hatte Alfred nehmen können, dann war der große Nebel über ihn gekommen.

Direkt eingeschlafen war er nicht. Es war mehr der klassische Knockout gewesen. Wer ihn aus der Halle in das Auto geschafft hatte, wußte Alfred nicht zu sagen. Jedenfalls war er im Fond eines fahrenden Wagens erwacht und hatte sich sehr elend gefühlt.

„Schlaf noch ein wenig weiter!" Ein Mann hatte zu ihm gesprochen und ihn auch ausgelacht.

Alfred war tatsächlich wieder in einen Dämmerzustand gesunken und erst in diesem Raum erwacht.

Gut fühlte er sich nicht. Schuld daran waren der Drink und auch die miese Luft im Kellerverlies. Seine Feinde hatten ihn nicht gefesselt, das sah Alfred schon als einen Vorteil an. Wahrscheinlich hatten die anderen auch seine Konstitution unterschätzt, denn er war doch relativ schnell wieder auf den Beinen, wenn auch nicht völlig fit.

Nach den ersten Gehversuchen mußte Alfred sich setzen. Sein Magen spielte nicht mit. Er schien sich auf Wanderschaft zu befinden und wollte unbedingt hoch in Richtung Kehle.

Um neue Kräfte zu sammeln und die Folgen des Drinks weiterhin abzuschwächen, setzte sich der etwa dreißigjährige Mann mit dem dunklen Haar und dem ebenfalls dunklen Oberlippenbart in eine Ecke, preßte Rücken und Hinterkopf gegen die schmutzigen, kalten, gelblichen Fliesen und atmete tief durch.

Vor einigen Jahren hatte Alfred einen Yoga-Kursus besucht. Diese Kenntnisse kamen ihm jetzt zugute. Er schaffte es, seine Nerven zu beruhigen, und auch körperlich ging es ihm nach den Atemübungen wieder besser.

Minuten verrannen.

Der Druck im Hals verschwand, der Magen reagierte ebenfalls wieder normal, nur der schlechte Geschmack in der Kehle und auf der Zunge wollte einfach nicht weichen.

Alfred war klar, daß er aus dem Verlies rauskommen mußte. Wenn die andere Seite es schaffte, ihn in diesem Raum festzuhalten, sah es nicht nur für ihn böse aus, auch für die beiden englischen Gäste konnte es übel werden.

Er war das Druckmittel, um den Wissenschaftler zur Umkehr zu bewegen. Was Dr. Morton enttarnt hatte, konnten die anderen nicht durchgehen lassen. Es stand zuviel auf dem Spiel.

Durch Dr. Mortons Arbeit war herausgekommen, welche Verräter auch im Westen saßen und mit den entsprechenden Stellen hinter dem Eisernen Vorhang zusammenarbeiteten. Morton konnte einen großen Ring auffliegen lassen, das hätte gewaltigen Staub aufgewirbelt und wäre möglicherweise auch zu einem Politikum geworden.

Alfred hatte sich einen strategisch günstigen Ruheplatz ausgesucht. Von dieser Stelle konnte er seinen Blick durch das Gefängnis gleiten lassen, aber er fand keinen Gegenstand, mit dem er die Tür hätte aufbrechen können.

Ihn selbst hatte man ebenfalls „entwaffnet". Alfred trug zwar keine Schußwaffe bei sich, aber sie hatten ihm das Taschenmesser abgenommen, eines dieser sehr beliebten echten Schweizer Messer, das nicht nur einen Korkenzieher und eine Klinge besaß, sondern auch mit anderen nützlichen Dingen bestückt war.

Alfred schloß aus dem Raum, daß man ihn in eine ehemalige Waschkaue eingesperrt hatte. Ihm gegenüber befand sich die Tür, die natürlich verschlossen war, und unter der Decke liefen noch die Leitungen entlang, durch die früher, als die Kaue noch in Betrieb gewesen, das Wasser geflossen war.

Alfred konnte auch die kleinen Öffnungen innerhalb des Rohres erkennen. Dort hatten sich einmal die Brausetassen befunden, unter denen die Duschenden standen.

Der Boden bestand aus Stein, die mit einer graugrünen Ölfarbe bestrichen waren. Die Kacheln an den Wänden zeigten Flecken. Einige von ihnen waren auch zersplittert.

Alfred erhob sich. Diesmal klappte es besser. Ihm wurde auch nicht mehr übel. Er begann mit seiner Wanderung durch die Kaue, denn er mußte dringend über ein Problem nachdenken. Ihm war etwas aufgefallen. Leider hatte er es wieder vergessen. Es mußte allerdings sehr wichtig gewesen sein, und er dachte intensiv darüber nach, als er das Verlies mit seinen Schritten abmaß.

Was hatte ihn gestört oder auf einen bestimmten Gedanken gebracht?

Sein Blick glitt über die Tür. Er schlug mit der Faust dagegen. Dem dumpfen Echo nach zu urteilen war das Holz sehr stabil. Das bekam er auch nicht mit Karateschlägen klein.

Aber die Tür wackelte, wenn er an der Klinke zog. Sie war zwar ins Schloß gefallen, dem Zahn der Zeit hatte die Sperre trotzdem nicht widerstehen können.

Die Tür war trotz allem die Schwachstelle, und Alfred mußte sich auf sie konzentrieren.

Wie sollte er sie aufbrechen?

Mit den bloßen Fäusten war da nichts zu machen. Es war der berühmte Blitzschlag oder die Idee, wie auch immer. Plötzlich wußte Alfred, woran er vorhin gedacht und was er wieder vergessen hatte. Er sah es, als er zur Decke aufblickte.

Es waren die Rohre!

Zu zweit liefen sie parallel nebeneinander her. Mit Wasser waren sie bestimmt nicht mehr gefüllt. Die Haken, an denen sie unter der Decke befestigt waren, sahen auch nicht mehr neu aus.

Alfred stellte sich in Positur, knickte ein wenig in den Knien ein – und sprang.

Er hatte beide Arme ausgestreckt und bekam die Rohre zu fassen. Wie ein Turner die Reckstange, umklammerte er sie. Sie bogen sich leicht durch, aber sie brachen noch nicht.

Alfred zog die Beine an und begann zu strampeln. Er wollte sein Gewicht „verstärken", die Halter waren schon angerostet, sie mußten irgendwann knacken.

Er strengte sich an. Das Blut war ihm in den Kopf gestiegen. Sein Gesicht zeigte eine starke Röte. Auf der Stirn glänzte der Schweiß wie eine dünne Ölschicht.

Dann hörte er das Knirschen.

Noch einmal zog und riß er, trampelte, bewegte auch seinen Oberkörper schwingend von einer Seite auf die andere, so daß sich das Reißen zwangsläufig verstärkte.

Er schaffte es.

Das Rohr bog sich dort, wo er an ihm hing, leicht durch und auch da, wo es in der Wand verschwand.

Das war sehr wichtig. Genau an dieser Stelle riß es plötzlich ab. Alfred fiel fast zu Boden, er griff noch einmal hart nach, zerrte auch und bekam das lange Rohr frei.

Wie eine Lanze hielt er es in seinen Händen. Alfred taumelte zurück, er atmete heftig. Die letzten Minuten hatten ihm zugesetzt. Daß er sich noch nicht völlig fit fühlte, merkte er an dem plötzlichen Schwindel, der ihn überkam.

Bevor er seine nächste Aufgabe in Angriff nahm, mußte er sich ausruhen. Er atmete wieder sehr tief und heftig ein, wischte seine Stirn vom Schweiß blank und stellte fest, daß sein „Werkzeug“ ein wenig zu lang geraten war.

Als er zur Tür ging, schleifte das Rohr mit dem hinteren Ende über den Boden.

Mit der freien Hand, die auf der Türklinke lag, zog Alfred den Spalt so weit auf, wie es eben möglich war.

Er maß ihn ab und verglich ihn mit der Dicke des Rohres. Ja, das mußte klappen.

Alfred ging aufs Ganze. Er schob das Rohr in den Türspalt und hoffte, daß sein Werkzeug stabil genug war.

In der Physik gibt es die Hebelgesetze. Die wandte Alfred jetzt an. Sehr vorsichtig und behutsam ging er dabei zu Werke. Sein Blick war dabei auf das Schloß gerichtet, als er den nötigen Druck gab.

Die Tür bewegte sich. Noch klemmte sie fest, leistete Widerstand, aber das Schloß zitterte bereits.

Alfred gab nicht auf. Er war plötzlich die Ruhe selbst, und er wußte mit einemmal, daß er es schaffen konnte.

Es klappte auch.

Das Holz knirschte, es splitterte dort, wo sich das Schloß befand, dann war die Tür offen.

Alfred sprang zurück. Er ließ das Rohr fallen, atmete tief

durch und mußte sich zunächst gegen die Wand lehnen und Atem schöpfen.

Dabei lauschte er, denn sein Befreiungsversuch war nicht geräuschlos abgelaufen.

Niemand schien etwas gehört zu haben, falls sich überhaupt jemand in den Räumen aufhielt. Vor der Tür blieb es still. Keine Schritte, keine Stimmen.

Alfred drückte die Tür noch ein Stück weiter auf, damit er sich bequem durch den Spalt schieben konnte.

Er gelangte in einen schmalen, fensterlosen Flur, schon mehr ein Gang, der dort endete, wo eine ebenso schmale Treppe nach oben führte. Die Stufen verschwammen ungefähr ab der Mitte in der Dunkelheit. Bis dorthin reichte der aus dem Verlies fallende Lichtschein nicht.

Alfred blieb keine Sekunde länger. Rasch war er die Treppe emporgestiegen. Ein dunkles Rechteck schälte sich aus dem Grau heraus, eine Tür.

Er konnte nur hoffen, daß sie nicht verschlossen war, drückte die Klinke, und noch im gleichen Atemzug glitt ein Lächeln über sein Gesicht.

Die Tür war offen.

Er schob sie nach außen, war dabei auf dem Sprung und rechnete auch damit, angegriffen zu werden.

Das passierte nicht.

Alfred trat in einen helleren Raum, der ziemlich geräumig war und auch große Fenster besaß. Im Gegensatz zum Verlies im Keller war dieser Raum nicht leer. Er machte auf ihn sogar einen benutzten Eindruck, man konnte ihn als Büro bezeichnen.
In der Länge wurde das Zimmer von einer Holz-Barriere in zwei Hälften geteilt.

Jenseits der Barriere sah er zwei Schreibtische. Auf beiden standen Aktenordner, einer war mit einem altmodischen schwarzen Telefon bestückt, ein Drehstuhl stand vor dem Arbeitsplatz. Alfred sah auch einen Hocker, er entdeckte Bleistifte, Kugelschreiber und eine Ablage.

Klar, daß er sich mit dem Schreibtisch näher befaßte und ihn untersuchte.

Die Unterlage war nicht mehr als ein billiges Ding aus Plastik und vier Lederecken.

Aber sie war durchsichtig!

Das freute Alfred ungemein, denn unter ihr entdeckte er ein Schreiben, das sogar mit einem vorgedruckten Briefkopf versehen war. Man präsentierte ihm unfreiwillig die Adresse des Hauses, in dem er steckte.

Ein Lächeln glitt über seine Züge. Alles lief wunderbar. Entweder waren die Leute naiv, oder sie fühlten sich zu sicher, was auch der Fall sein konnte.

Alfred nahm den Telefonhörer ab.

Das Freizeichen erklang.

Wunderbar, der Apparat war auch angeschlossen. Mit sehr ruhigen Fingern wählte Alfred die Nummer der Ritters. Das Geräusch der zurücklaufenden Wählscheibe kam ihm überlaut vor, und es störte ihn auch.

„Komm, hebt schon ab!" flüsterte er und trommelte mit den Fingern der freien Hand auf die Schreibtischplatte.

„Ja, hier..."

Er ließ Randy nicht erst zu Ende sprechen. „Alfred hier. Folgendes. Ich befinde mich in Düsseldorf. Der Hafen muß nicht weit entfernt sein. Die Firma heißt." Er schaute noch einmal auf den Briefkopf. „Radex Spedition. Die Adresse ist..."

„Genug, mein Freund!" Eine Hand erschien, die auf die Gabel drückte. Gleichzeitig spürte Alfred einen kalten Druck im Nacken. Er kannte ihn, auch ohne sich umgedreht zu haben.

Diesen Druck übte nur eine Waffenmündung aus...

Die Hand lag noch immer auf der Gabel. Ein dunkler, dünner Lederhandschuh umschloß die Finger. Er reichte bis zum Gelenk hoch, und der Mann mit der Waffe trat erst jetzt einige Schritte zurück. Als er gegen die Barriere stieß, durfte sich Alfred umdrehen.

Die Waffe in der Hand des anderen war eine Pistole. Der Mann trug nicht nur Handschuhe aus Leder, er hatte auch eine schwarze Lederjacke übergestreift, die vorn nicht geschlossen war. Auf seinem eckig wirkenden Kopf wuchs das hellblonde, fast schon weiße Haar kurz wie eine Bürste. Auch die Gesichtshaut des Mannes war ziemlich hell, ebenso die Augen, die kalt und ohne Gefühl blickten.

„Heb deine Pfoten!"

Alfred nahm die Hände hoch. Schließlich war die Pistole ein bestechendes Argument.

„Du hast es also geschafft!" stellte der Lederjackenträger fest.

„Wie Sie sehen."

„Wir haben dich unterschätzt. Wir hätten wissen müssen, daß ein Typ wie du nicht aufgibt."

„Und jetzt?"

„Müssen wir dich verschwinden lassen. Ein Bett in Beton wäre nicht schlecht, und der Rhein ist tief."

„In der Tat." Alfred blieb gelassen. „Nur würde ein Mord zu sehr auffallen. Ich habe telefoniert. Man weiß, wo ich mich befinde. Die Polizei wird bestimmt gleich erscheinen."

Der Lederjackenträger schüttelte den Kopf. „Das wiederum glaube ich nicht. Wenn die Bullen kommen, bist du schneller tot, als du denken kannst. Außerdem wird die Familie Ritter nicht so dumm sein und die Polizei einschalten. Wir haben ihnen ihre Regeln durchgegeben, mein Freund. Die halten sich schon daran."

„Was haben Sie vor?"

„Wir wollen ihn zurück!"

„Dr. Morton!"

„Sicher!" Der andere lächelte kalt.

„Und woher wußten Sie, daß sich James Morton bei den Ritters befindet?"

„Wir haben überall unsere Leute. Auch hier im Westen."

„Es gibt also einen Verräter."

„Vielleicht."

„Sie stammen nicht aus dem Westen. Ihre Aussprache klingt anders, härter."

„Ich bin Tscheche. Mein Name ist übrigens Kovacz."

„Den habe ich noch nie gehört."

„Das kann ich mir denken. Sie haben vieles nicht gehört und nicht gesehen, mein Lieber. Aber Sie müssen die Konsequenzen tragen. Man darf sich nicht zu weit vorwagen. Mit wem haben Sie gesprochen?"

„Keine Ahnung."

Kovacz hob die Waffe an. Die Mündung zielte jetzt genau zwischen Alfreds Augen. „Ich lasse mich nicht gern auf den Arm nehmen. Mit wem also? Reden Sie?"

„Das kann ich Ihnen nicht sagen", erwiderte Alfred gelassen. „Als abgehoben wurde, habe ich den anderen nicht erst ausreden lassen und begann sofort mit meinem Bericht."

„Wo haben Sie angerufen?"

„Bei den Ritters!"

Kovacz senkte die Waffe wieder. Dabei nickte er. „Das ist gut. Seien Sie froh, daß Sie nicht die Polizei angerufen haben. Seien Sie nur froh. Die Ritters werden spuren, darauf können Sie sich verlassen. Die können gar nicht anders."

„Sie müssen es wissen."

„Weiß ich auch."

„Wie geht es weiter?"

Kovacz verzog seine strichdünnen Lippen. Es sollte wohl ein Lächeln sein, war es aber nicht. „Das entscheiden ich und meine Freunde. Das heißt, ich habe mich eigentlich schon entschieden, weißt du?"

„Kann sein."

„Du bist mir eine Nummer zu groß, Junge. Wir werden dich mitnehmen in unser schönes Land. Dich und diesen Morton. Ihr sollt noch mehr von Prag kennenlernen. Es gibt da wunderschöne Räume mit dicken Mauern. Aus denen ist noch niemand entwischt."

„Ein Zuchthaus?"

„Ja, aber ein besonderes. Eines für Verräter, für Agenten, für billige Spione."

„Sind Sie denn etwas anderes?"

„Wir kämpfen für eine Ideologie, für eine gerechte Sache."

„Wobei es Ihnen egal ist, was mit Menschenleben geschieht."

„Manchmal muß man eben hart sein. Für mich ist der Käse gegessen. In spätestens drei Stunden sind wir unterwegs in Richtung Osten. Und die Ritters werden sich hüten, uns in die Suppe zu spucken. Deine Informationen sind im Prinzip wertlos – klar?"

„Weiß ich nicht."

„Dann dreh dich mal um."

Für eine kurze Zeitspanne spürte Alfred die Gänsehaut auf seinem Rücken. Er wußte genau, was jetzt folgen würde. Das waren die alten Spielregeln. Dennoch konnte er sich nicht dagegen sträuben. Dieser Kovacz hielt eine Waffe in der Hand.

Alfred hörte nicht, wie er näher kam. So lautlos konnte sich der schwerfällig wirkende Mann bewegen.

Zuerst traf der Luftzug seinen Nacken. Danach der Waffenstahl.

Der Hieb saß.

Alfred fiel nach vorn, auf den Schreibtisch zu. In seinem Kopf explodierte ein Universum. Danach folgte die Schwärze, die ihn in einen bodenlosen Strudel riß.

Die Herausforderung

Als Randy Ritter den Hörer auf die Gabel legte, war sein Gesicht leichenblaß geworden. „Das war Alfred."

Nicht nur Turbo schaute auf, Benny ebenfalls. Er und der Junge aus Japan gaben keinen weiteren Kommentar. Sie mußten die Überraschung erst verdauen.

Die Jungen saßen in der Halle, um über den Fall zu sprechen. Sie waren unter sich, denn Marion Ritter arbeitete draußen im Garten. Von dem Anruf hatte sie nichts mitbekommen. Im Haus, so hatte sie gesagt, wäre sie verrückt geworden. Sie mußte sich einfach beschäftigen.

„Was hat er denn gesagt?" fragte Turbo.

Benny nickte Randy zu. „Weiß er, wo mein Dad ist?"

„Er hat nicht viel erzählt", erwiderte Randy. „Wahrscheinlich ist er nicht dazu gekommen."

„Wieso nicht?"

„Sie werden ihn überrascht haben."

„Wer?"

„Die Leute, die ihn gefangenhalten, Benny. Aber er konnte mir noch mitteilen, wo er sich befindet. Und zwar in Düsseldorf, in der Hafengegend. Man muß ihn in einem Haus festhalten, das einer Firma gehört."

„Kennst du den Namen?"

„Ja. Radex Spedition."

Turbo zwinkerte seinem Freund zu. „Heißt das vielleicht, daß wir nach Düsseldorf fahren sollen?"

„Ich wäre dafür."

„Wohin fahren wir?" Benny hatte die Unterhaltung nicht so recht mitbekommen.

Randy erklärte es ihm. Der Junge aus London war begeistert und bekam vor Aufregung einen roten Kopf. „Das ist *great.* Wir fahren los, finden meinen Dad..."

„Wenn das nur so einfach wäre", murmelte Randy.

„Ist es very difficult?"

„Es wird schwer werden", sagte auch Turbo. „Das erste Hindernis ist doch, daß wir hier wegmüssen."

„Finde ich auch."

„Was sagst du deiner Mutter?"

Randy hob die Schultern. „Einweihen können wir sie auf keinen Fall. Die würde uns Fesseln anlegen, damit wir bleiben. Wir müssen eben eine Ausrede erfinden." Randy deutete auf Benny. „Er ist die beste Ausrede. Wir sagen meiner Mutter, daß wir zu Ela gehen."

„Eine Lüge."

„Notlüge, Turbo."

„Und was hältst du davon, die Polizei zu benachrichtigen. Kommissar Hartmann ist euer Freund und..."

„Das würde ich ja machen!" rief Randy schon fast verzweifelt. „Es hat nur keinen Sinn. Wir bringen Alfred in unnötige Gefahr."

„Kannst du denn deinen Vater nicht erreichen?"

„Klar, ich kenne das Lokal."

„Dann rufe ihn an und informiere ihn."

„Okay." Randy schlug gegen seine Stirn. „Daran habe ich nicht gedacht. Vielleicht kann er etwas reißen." Randy holte ein Telefonbuch von Düsseldorf, schaute unter Gaststätten nach und hatte den Namen des Lokals bald gefunden.

Schon beim Tippen der Nummer spürte er die innere Spannung, die seine Finger zittern ließ. Er hoffte, alles richtig zu machen, und atmete noch einmal tief durch, als sich am anderen Ende der Leitung eine freundlich klingende Frauenstimme meldete.

„Mein Name ist Ritter", sagte Randy. „Bei Ihnen muß ein Herr Ritter sein. Können Sie ihn bitte ans Telefon holen?"

„Einen Moment, warten Sie."

Turbo und Benny umstanden ihren Freund. Auch sie waren gespannt, was der Anruf bringen würde.

Zeit verging. Die Sekunden kamen den Jungen endlos vor. Nervös trat Randy von einem Fuß auf den anderen. Er hörte Geräusche im Hörer. Hintergrundlaute innerhalb des Lokals, aber keine Stimme, die sich meldete.

Schließlich meldete sich die Frau doch wieder. „Hören Sie?"

„Ich bin noch da." Randy spürte zwischen Hörer und Handfläche den Schweiß. Daß sein Vater nicht persönlich ans Telefon gekommen war, konnte nichts Gutes bedeuten.

„Es tut mir leid, aber ein Herr Ritter ist nicht mehr bei uns. Er war mit einem Herrn hier. Beide sind gegangen."

Randy räusperte sich. „Ja, danke. Ich weiß dann Bescheid." Mit einer müden Geste legte er auf.

Zu erklären brauchte er nichts. Turbo und Randy waren informiert. „Dann bleibt uns nur noch, selbst nach Düsseldorf zu fahren", sagte Randy. „Wir nehmen den Bus."

„Kennst du denn die Gegend am Hafen?"

„Nein, Turbo, nicht besonders. Sie ist an einigen Stellen ziemlich finster. Aber das macht nichts. Wir haben ja Tag. Außerdem werden wir die Firma schon finden. Geld habe ich auch genügend dabei. Los, wir verschwinden jetzt."

„Und deine Mutter?"

„Der sagen wir Bescheid."

„Ich kann das aber nicht." Turbo schüttelte den Kopf.

„Denkst du, mir fällt so etwas leicht? Es ist nicht anders zu machen. Außerdem hat Alfred uns nicht grundlos die Informationen gegeben, meine ich."

„Die waren bestimmt nicht für uns. Kann es nicht sein, daß er zuvor die Polizei angerufen hat?"

„Nein, das glaube ich nicht. Er weiß schließlich auch, um was es da geht."

Sie hatten ihre Jacken mitgenommen und das Haus verlassen. Noch immer stand die strahlende Herbstsonne am Himmel. Sie vergoldete die Landschaft und schien auch auf den Rücken der gebückt im Garten stehenden Marion Ritter.

„Was ist?" Frau Ritters Stimme klang belegt. Es war ihr anzuhören, daß sie den Schock noch nicht überwunden hatte.

Randy hob verlegen die Schultern. Das war keine Schauspielerei. „Es ist so, Mutti. Wir wollten eigentlich weg."

Marion Ritter nickte. „Und wohin?"

„Ein bißchen rumgehen. Benny hat auch Ela kennengelernt und wollte ihr mal guten Tag sagen."

Frau Ritter überlegte nicht lange. „Meinetwegen, ich habe nichts dagegen, aber paßt auf."

„Natürlich, Mutti. Bis später dann." Randy drehte sich um. Ihm war überhaupt nicht wohl in seiner Haut. Gerade deshalb nicht, weil er seine Mutter angelogen hatte. Das tat er sonst nie, aber gab es eine andere Chance?

Als sie einige Schritte gegangen waren, drehte er sich noch einmal um. Frau Ritter stand im Garten und winkte ihnen nach.

Fast wie ein Abschied...

Randy schluckte. Turbo bemerkte, was in seinem Freund vorging. „Du wirst dich später bei deiner Mutter entschuldigen müssen", sagte er leise.

„Das versteht sich."

„Wird sie dir böse sein?"

„Bestimmt – oder auch nicht. Es ist einfach zu schwierig, weißt du?"

Sie hatten den schmalen Weg genommen, der hoch zur Straße führte. Die Fahrbahn lief parallel zum Rhein. Dort hielten auch die Busse, die in die City fuhren.

Am Samstag lagen die Abfahrtszeiten nicht eben günstig. Auch jetzt mußten sie noch fast eine Viertelstunde warten.

„Das ist Ela!" rief Benny plötzlich aus.

Sie war es tatsächlich. Ihr Pferdeschwanz wippte bei jedem Schritt. Ela trug jetzt eine rote Cordhose, ein weißes Hemd und einen blauen Blouson, der weit geschnitten war. Auch sie hatte die Jungen entdeckt und winkte ihnen zu.

„Was machen wir denn jetzt?" fragte Turbo. „Wenn sie hört, daß wir nach Düsseldorf wollen, will sie mit."

„Dann nehmen wir sie mit", sagte Turbo.

„Nein!" widersprach Randy heftig. „Das geht auf keinen Fall."

„Sollen wir sie einweihen?"

„Ich weiß nicht, Turbo. Ela ist zwar verschwiegen, aber der Fall ist wohl eine Nummer zu groß für sie."

Das Mädchen war mittlerweile herangekommen. „He, was macht ihr denn für Gesichter?" Sie lächelte, die Sonne schien in ihr Gesicht und ließ die Sommersprossen blinken.

„Wieso?" fragte Randy.

„Ihr seht so komisch aus."

„Wir können eben nicht anders gucken."

Das Mädchen schüttelte den Kopf. Es wandte sich an Turbo. „Ist dem großen Meister eine Laus über die Leber gelaufen?" fragte sie.

„Keine Ahnung."

„Ach nee. Ihr haltet sowieso nur zusammen, das sehe ich schon." Sie hielt ihr Gesicht gegen den leichten Wind. „Wollt ihr nach Düsseldorf rein, oder warum steht ihr sonst an der Haltestelle?"

„Ja, wir zeigen Benny die Stadt etwas."

„Auch die Altstadt?"

„Mal sehen."

Ela blickte auf ihre Uhr. „Mein Eltern kommen erst heute abend wieder. Sie sind eingeladen. Meinen kleinen Bruder haben sie mitgenommen, und Biene, unseren Hund, auch. Ich hätte also Zeit. Was ist? Nehmt ihr mich mit?"

„Nach Düsseldorf?"

„Wohin sonst, du Blinder?"

Randy schüttelte den Kopf. „Nein, das kommt nicht in die Tüte. Wir haben uns entschlossen, allein zu fahren. Ohne Frauen, weißt du."

„Ha, ha, Macho. Ohne Frauen, wie sich das anhört. Was ist schon dabei, wenn ich euch begleite?"

„Es wird für dich langweilig werden", sagte jetzt auch Turbo.

„Woher willst du das wissen?"

„Weil wir in Geschäfte gehen, die ... die ..."

Ela lachte. „Jetzt fehlt dir etwas zu deiner Ausrede." Sie verzog die Lippen. „Mensch, seid ihr komisch, richtige Blödköpfe. Hoffentlich steckt ihr Benny nicht noch an?"

Der junge Engländer fühltc sich etwas geschmeichelt. „Warum soll sie nicht gehen mit?" fragte er.

„Weil es Quatsch ist und wir uns vorgenommen haben, allein zu gehen."

Benny widersprach Randy. „Aber sie ist in Ordnung."

„Da hast du's!" zischte Ela.

„Das weiß ich selbst", sagte Randy. Er wand sich wie ein Aal. „Ich hätte auch sonst nichts dagegen gehabt, aber ausgerechnet heute."

So etwas hätte er nicht sagen sollen. Michaela sprang sofort darauf an. „Ha, ihr habt etwas zu verbergen."

„Was denn?"

„Das finde ich heraus, Randy Ritter. Ihr habt was vor." Sie verengte die Augen. „Mir kannst du so leicht nichts vormachen. Ich weiß Bescheid, und ich kenne dich."

„Der Bus kommt", sagte Turbo trocken.

„Also, entscheide dich, Randy Ritter!" Ela hatte sich vor dem Jungen aufgebaut und schaute ihm ins Gesicht, wo der Mundwinkel an der rechten Seite etwas schief gewachsen war, so daß es aussah, als würde Randy stets grinsen.

„Sag ja!“ drängte Turbo, denn der Fahrer hatte bereits geblinkt und ließ den Bus rechts an den Straßenrand in die Parktasche vor der Haltestelle rollen.

„Gut, sie kann mit.“

Ela lachte. „Siehst du? Warum nicht gleich?“

Turbo war als erster eingestiegen. Benny folgte ihm und drehte sich um. „Ich... ich habe no German money...“

„Das mit dem Geld ist nicht tragisch. Ich übernehme das“, sagte Ela. „Du hast mich so toll verteidigt.“ Sie lachte den Jungen an. „Bist ein echter Kavalier. Wenn du wieder abreist, schenke ich dir auch ein von mir gemaltes Bild. Einen echten Schröder.“

Benny hatte zwar nicht alles verstanden, bedankte sich aber.

Der Bus war höchstens zu einem Drittel besetzt. Sie konnten sich die Plätze noch aussuchen und verzogen sich natürlich auf die letzte Bank. Dort fanden sie genügend Platz.

Ela Schröder saß zwischen den Jungen. „Was wollt ihr in Düsseldorf losmachen?“

„Nichts“, sagte Randy. „Nur mal schauen.“

„Ohne Ziel?“

„Benny kennt gar nichts.“

„Dann sollte er auch die Altstadt sehen oder sich ein Museum anschauen. Das neue, weißt du...“

Randy tippte gegen seine Stirn. „Denkst du vielleicht, ich gehe freiwillig in ein Museum? Nee, da hast du dich geschnitten. Außerdem gehen wir in der nächsten Woche mit der Schulklasse hin.“

„Ihr auch?“ fragte Ela.

„Ja, wieso?“

„Wir ebenfalls. Da ist die Ausstellung aus Kairo, aus Ägypten.“

„Genau!“ rief Turbo. „Mit einer echten Mumie.“ Er rieb seine Hände. „Ich freue mich schon darauf. Das ist besser, als sich immer nur komische Bilder anzuschauen.“

„Damit sprichst du mich als Malerin wohl nicht an?“ sagte Ela pikiert. „Ich fühle mich nämlich in meiner Berufsehre gekränkt, wenn du verstehst.“

„Hast du so etwas denn?"

Sie trat Turbo leicht auf die Zehen. „Denk daran, ich kann manchmal zur Bestie werden."

Gelöst hatten sie bis zum Hofgarten, einem Parkgelände nicht weit von der Kö entfernt.

„Und wo wollt ihr jetzt hin?" fragte Ela.

„Eigentlich hatten wir uns einen Altstadtbummel vorgenommen. Dann wollten wir auch noch zum Hafen gehen."

„Hiii, da ist doch nichts los."

„Für uns ja."

Ela schüttelte den Kopf. „Was gibt es denn da zu sehen? Ein paar Schiffe? Krächzende Vögel, Kneipen und um diese Zeit verflixt wenig Leute. Nein, das ist doch nichts."

„Uns gefällt es aber." Randy blieb hart. „Wenn du nicht willst, kannst du wieder zurückfahren."

„He." Sie ging einen Schritt zurück. „Den Ton kenne ich doch. Jetzt wirst du sauer, wie? Und bei mir macht es klick, klick. Ihr habt etwas Bestimmtes vor."

„Nein!"

„Du lügst, Randy."

„Streitet euch nicht", sagte Turbo. „Laßt uns lieber gehen."

„Einverstanden."

Ihr englischer Gast bekam auch einen Teil der Altstadt zu sehen. Er war über die Menge der zahlreichen Lokale nicht erstaunt. Das kannte er von Soho her, wie er erklärte.

Sie gingen hinunter bis zum Fluß, der sich grau und breit durch das Bett wälzte. Von der Konstruktion her interessante Brücken überspannten den Strom. Der Autoverkehr rollte über die Fahrbahnen von einer Seite zur anderen. Ein ewiges Hin und Her.

„Und die schönste Brücke führt nach Oberkassel", sagte Ela. „Toll, nicht?" Sie wies auf die Stahlkonstruktion, auf die das Sonnenlicht schien und dem Metall einen beinahe überirdischen Glanz gab.

Aber die Schatten waren auch länger geworden, ein Zeichen, daß die Sonne schon tief stand.

„Weiter!" drängte Randy.

„Du hast es aber eilig.“

In den folgenden Minuten sprach Randy nicht mehr viel. Er führte die Freunde in Richtung Hafen, und dort änderte die Gegend auch ihr Gesicht.

Es waren weniger Wohnhäuser vorhanden, dafür mehr Lagerschuppen oder Fabrikgebäude. Die Straßen verengten sich, waren oft nicht breiter als Gassen, und auch die Sonnenstrahlen konnten sie nicht mehr so ausfüllen, um sie zu erhellen.

Eine Umgebung, in der die vier Jugendlichen auffielen und auch begafft wurden.

Sie kümmerten sich nicht um die Blicke der Erwachsenen und setzten ihren Weg eisern fort.

Elas Mißtrauen war nicht gewichen. Es hatte sich sogar noch verstärkt. „Wo willst du eigentlich hin?“ fragte sie, als Randy nach einem gezielten Blick auf ein Straßenschild nach rechts in eine ziemlich enge Gasse einbog, die von düsteren Hauswänden flankiert wurde und fast einer Schlucht ähnelte.

Randy schüttelte den Kopf. „Ich kann es dir nicht sagen, Ela. Ehrlich nicht.“

Er hatte etwas lauter gesprochen und war von Turbo gehört worden. „Erzähle es ihr doch“, meldete sich der Freund. „Wir sind bestimmt bald da...“

„Ja, gut.“

Ela lauschte Randys Erzählungen. Sie wurde immer blasser dabei. Schließlich faßte sie sich an den Hals und flüsterte: „Meine Güte, das ist ja furchtbar.“

„Da sagst du was.“

„Und jetzt willst du diese Spedition finden?“

„Klar.“

Ela schaute sich um, als wären Schatten hinter ihr her, um sie zu verfolgen. „Also das will ich dir sagen, Randy. Hätte ich dies alles vorher gewußt, dann wäre ich wahrscheinlich nicht mitgefahren. Das ist richtig gefährlich.“

„Leider.“

„Und ohne Polizei?“

„Hättest du sie denn geholt?“

„Weiß nicht!“ hauchte sie.

Benny holte Kaugummi aus der Jackentasche und verteilte die kleinen Stäbchen. Die Freunde kauten eine Weile schweigend und hingen ihren Gedanken nach.

„Und wo ist es genau?“ erkundigte sich Ela.

„Wir brauchen nicht mehr weit zu gehen. In der Nähe des Rheins finden wir die Spedition. Ich habe vorher auf einer Karte nachgeschaut.“

Ela wischte über ihre Wangen. „Wenn ich an Alfred denke, wird mir ganz anders. Was können die nicht alles mit ihm anstellen, diese Verbrecher. Ich...“ Sie mußte sich räuspern, bevor sie sprechen konnte. „Und dann noch Bennys Vater. Hat er denn etwas Unrechtes getan?“

„Mein Dad ist kein Gangster“, meldete sich Benny. „Die anderen sind es, verstehst du?“

„Ja, ist klar.“

„Laß uns gehen“, sagte Randy. Auch seine Stimme klang nicht mehr so forsch. Je mehr sie sich dem eigentlichen Ziel näherten, um so bedrückter wurde ihm zumute. Im Magen lag der berühmte Kloß, der nach oben in den Hals wanderte.

Michaela dachte praktischer. „Habt ihr denn einen bestimmten Plan?“ fragte sie.

„Noch nicht.“

„Aber man muß doch...“

„Wenn du die unmittelbare Umgebung nicht kennst, kannst du auch nichts planen“, hielt Randy ihr vor.

„Kann sein.“

Sie setzten ihren Weg fort. Jeder von ihnen war viel ernster geworden, als zu Beginn der Fahrt. Auf ihren Gesichtern lag die Anspannung. Hell und wachsam blickten die Augen.

Die Straße endete vor einer Kreuzung. Links führte der Weg zu einer Ausfallstraße. Sie sahen das hellgraue Band in einem Halbkreis verschwinden. Sie mußten nach rechts.

Auch in dieser Straße standen die hohen Bauten der Lagerhäuser. Manche sahen grau wie Asche aus, andere, die erst vor wenigen Jahren gebaut worden waren, besaßen noch ihren ursprünglichen Anstrich.

Der Himmel über ihnen hatte seine strahlende helle Farbe verloren. Auch das Blau dämpfte weiter ab.

Randy ließ seine Blicke über die Fassaden streifen. Er suchte nach einem Hinweis auf die Firma Radex.

Zwar entdeckte er einige Schilder, aber der Name, den er suchte, befand sich nicht darunter.

„Ist das denn hier richtig?“ fragte Ela.

„Ich glaube nicht, daß sich Alfred verlesen hat.“

Am Samstag, wo nicht gearbeitet wurde, wirkte die Gegend öd und leer. Da konnten die Fassaden schon zu kalten, drohenden Gebilden werden. Auch die Straßen sahen aus wie breite Striche ins Nichts. Hier und da parkte ein einsames Fahrzeug. Kaum jemand war unterwegs.

Urplötzlich blieb Randy stehen. So abrupt, daß Turbo fast auf ihn gelaufen wäre.

„Da ist es!“

Randy wies nach rechts auf das Schild. Es blinkte matt silbern. In schwarzen Buchstaben war der Name der Firma eingraviert worden.

RADEX SPEDITION

„Wir sind da!“ flüsterte Ela. Sie schaute die Freunde an. Randy war zur Seite getreten, denn er hatte das grün angestrichene Eisentor entdeckt, das den Zugang zu einer breiten Einfahrt versperrte, die auch für Lastwagen geeignet war.

„Da müssen wir durch!“

„Alle?“ fragte Turbo.

„Was meinst du?“

„Wäre eine Rückendeckung nicht besser?“

Noch während die Jungen diskutierten, hatte Ela bereits ihre rechte Hand auf die lange hebelartige Türklinke gelegt, die schräg in die Höhe stand und nur darauf wartete, nach unten gedrückt zu werden. Es ging sehr leicht, man hatte sie gut geölt.

„Offen!“ flüsterte Ela. „Es ist offen.“ Sie winkte mit der rechten Hand. „Wollt ihr kommen?“

„Ja“, sagte Turbo, und auch Benny nickte. Ihm war die Anspannung besonders deutlich anzusehen. Schließlich ging es um seinen Vater, der wieder in den Osten geschafft werden sollte.

Ela hatte das Tor schon aufgezogen. Der Spalt war so groß, daß sich die Freunde durchschieben konnten.

Mit sehr gemischten Gefühlen betraten sie die Einfahrt...

Schlechte Karten

Zum erstenmal in seinem Leben bekam James Morton die Königsallee zu sehen, von der er bisher nur gehört oder gelesen hatte. Die Straße beeindruckte ihn, es war seinen Blicken anzumerken, aber er stellte keinerlei Fragen. Dazu war ihre Aufgabe zu ernst.

Sie passierten elegante Geschäfte. Mode und Schmuck teilten sich den Bereich auf. Antiquitätenhändler waren auch vertreten und natürlich die Banken.

Von der Kö führte eine schmale Seitenstraße links ab, in die sie hineingingen.

Dort fanden sie das Lokal, das der unbekannte Anrufer zum Treffpunkt erwählt hatte.

Es war ein eleganter Laden, sehr gediegen eingerichtet. Viel Leder und dunkel schimmerndes Holz, dazu Messing und Glas, passend zu der gesamten Gegend.

Freie Plätze waren noch genügend vorhanden. Dr. Ritter und sein englischer Kollege setzten sich so hin, daß sie den Eingang im Auge behalten konnten, selbst aber durch ein großes Blumengesteck ziemlich abgeschirmt waren. Sie bestellten Tee und Kaffee.

„Jetzt heißt es warten“, sagte James Morton. „Und darauf hoffen, daß man uns nicht reingelegt hat.“

„Das glaube ich nicht. Den Leuten geht es um Ihr Wissen, James. Sie haben herausgefunden, daß heimliche Geschäfte mit dem Westen gemacht wurden. Daß Technologie aus dem Westen in den Osten transportiert wurde.“

„Ich hätte mich eben nicht erwischen lassen sollen.“

„Hat man Sie denn erwischt?“

„Nein, das nicht direkt. Aber die anderen haben Verdacht geschöpft. Das war auch fatal.“

Kaffee und Tee wurden gebracht. Zum Tee reichte die Bedienung braunen Kandis.

Die Frau verabschiedete sich mit einem geschäftsmäßigen Lächeln und ließ die beiden Männer mit ihren Problemen zurück. Dr. Morton preßte seinen Rücken gegen die Lehne. „Wer kann angerufen haben?“ fragte er.

„Keine Ahnung. Wie gesagt, ich habe den Mann nicht an der Stimme erkannt.“ Peter Ritter schaute sich um. „Eigentlich könnte es jeder männliche Gast hier gewesen sein.“

Das Lokal war fast nur von Männern besucht. Fast alle waren sie modisch, auch dandyhaft gekleidet. Sie wirkten wie Müßiggänger. Auch diejenigen, die an der Bar saßen und mit den beiden Frauen dahinter redeten. Eine von ihnen drehte sich plötzlich um und griff zum Telefonhörer. Sie sprach einige Worte, schaute suchend hoch und rief in das Lokal hinein: „Ist ein Dr. Ritter unter den Gästen?“

Peter Ritter sprang hoch. „Ja, ich!“

„Telefon für Sie, Herr Dr. Ritter.“

„Okay“, sagte James Morton. „Jetzt gilt es, mein Freund. Halten Sie sich tapfer.“

„Darauf können Sie sich verlassen.“

Dr. Ritter nahm den Hörer vor der Theke entgegen. Er meldete sich nur mit einem knappen „Ja bitte.“

„Da sind Sie ja“, hörte er die ihm schon bekannte Stimme. „Wunderbar, mein Lieber.“

„Keine falschen Komplimente. Kommen Sie zur Sache.“

„Es ist ganz einfach. Erst mal eine Frage. Haben Sie Dr. Morton mitgebracht?“

„Natürlich.“

„Gut. Sie werden ...“

„Moment mal. Kommen Sie ebenfalls her oder ...“

„Nein.“ Der Unbekannte lachte kurz auf. „Ich und meine Freunde kommen nicht zu Ihnen. Es wird umgekehrt laufen. Sie werden zu mir kommen, verstanden?“

„Und Alfred?"

„Den werden Sie schon zu sehen bekommen."

„Lebt er denn?"

Wieder lachte der Anrufer. „Fragen Sie nicht so dumm. Ich will, daß Sie sich ein Taxi bestellen und zu folgender Adresse fahren..."

Dr. Ritter bekam die Anschrift der Spedition in Hafennähe genannt. Mitzuschreiben brauchte er nicht, er hatte ein gutes Gedächtnis.

„Haben Sie alles verstanden, Doktor?" hakte der Anrufer noch einmal nach.

„Sicher."

„Dann bestellen Sie sich den Wagen. Und zwar sofort."

„Wer sind Sie eigentlich?" Diese Frage mußte Peter Ritter noch loswerden, der andere beantwortete sie ihm nicht. Er legte einfach den Hörer auf.

Peter Ritter telefonierte rasch nach einem Taxi, beglich die Rechnung und winkte James Morton herbei.

„Wissen Sie jetzt mehr?"

„Kaum. Wir haben eine neue Anschrift bekommen, eine Information. Da müssen wir hin."

„Zu Fuß?"

„Nein, ich habe schon ein Taxi bestellt." Sie näherten sich dem Ausgang mit den gläsernen Rauchglastüren und hatten das Lokal kaum verlassen, als der beige Mercedes mit dem gelben Schild auf dem Dach neben ihnen stoppte.

„Wir haben Sie bestellt."

„Steigen Sie ein. Wohin?"

Dr. Ritter schloß die Beifahrertür. Er nannte die Anschrift. Der Fahrer nickte nur und irgendwie wissend.

„Stimmt etwas nicht?" fragte Ritter.

„Nein, schon gut. Ist nur eine müde Gegend."

„Müde oder mies."

„Wahrscheinlich beides." Mehr sagte der Mann in der hellen Lederjacke nicht. Er fuhr seinen Streifen ab und zwängte sich durch das Verkehrsgewühl nahe der Kö.

Später wurde die Gegend ruhiger, dann schmutziger, schließ

lich roch es nur nach Arbeit. Der Wagen schob sich in die schmale Straße. Auch der Fahrer achtete jetzt auf die Schilder.

„Radex Spedition", sagte er. „Da ist es." Er deutete nach rechts auf ein Schild.

Dr. Ritter beglich den Fahrpreis. Sein englischer Kollege war schon ausgestiegen und schaute sich die Umgebung mit einem unbehaglichen Gesichtsausdruck an.

„Gefällt Ihnen nicht, James?"

„Nicht besonders. Es erinnert mich irgendwie an alte Londoner Eastend-Gegenden."

„Jede Stadt hat auch ihre Schattenseiten. Soviel ich weiß, ist in dieser Umgebung noch nicht viel passiert."

Die beiden Männer warteten so lange, bis der Fahrer gewendet hatte und abgebraust war. Dann erst drückten sie den Torhebel nach unten, öffneten und betraten die breite Einfahrt.

Sie führte direkt auf einen Hof. Dort standen mehrere Lastwagen mit der Aufschrift der Spedition. Aus der Nähe betrachtet wirkten sie wie schlafende Raubtiere, die irgendwann erwachen würden, um plötzlich und unerwartet zuzuschlagen.

Kein Mensch ließ sich blicken.

Beide Männer blieben in der Mitte des Hofes stehen und ließen ihre Blicke kreisen.

Hohe Mauern rahmten sie ein. Graue Industriebauten. Lagerstätten und Büros in einem. Selbst die Fensterscheiben wirkten grau und schmutzig.

James Morton hob die Schultern. „Sorry", sagte er, „ich sehe nichts. Ob die uns reingelegt haben?"

„Das glaube ich nicht. Die Stimme des Anrufers hat verdammt ernst geklungen." Dr. Ritter ging einige Meter vor. Sein Ziel war eine Tür innerhalb des grauen Mauerwerks. Er hatte auch das Schild gesehen, auf dem der Name der Spedition stand.

„Da sollten wir mal klopfen", sagte er.

Es war nicht mehr nötig. Jemand zog die Tür von innen auf. Die Person selbst war noch nicht zu sehen, aber Dr. Ritter vernahm die ihm bekannte Stimme des Anrufers.

„Kommen Sie nur näher. Ich freue mich, daß Sie pünktlich gewesen sind. Bitte sehr." Der Unbekannte sprach mit einer kalten Höflichkeit.

Dr. Ritter und James Morton betraten einen Flur. An den Wänden hingen vergilbte Plakate. Sie zeigten Trucks und Lastwagen aus den frühen fünfziger Jahren.

Der Sprecher stand noch immer im Schatten der halb geöffneten Tür. „Gehen Sie ruhig weiter. Die nächste Tür auf der linken Seite ist unser Büro. Dort reden wir dann."

James Morton öffnete die Tür. Sie betraten einen Büroraum mit hoher Decke. Durch eine Barriere war er in zwei Hälften geteilt worden. Sie besaß eine Klappe, die hochgestellt worden war. Dahinter standen zwei Schreibtische nebeneinander.

Dann kam der Sprecher. Sie hörten seine Schritte, drehten sich um und sahen zum erstenmal den weißblonden Mann mit den kurzgeschorenen Haaren und der dunklen Lederjacke.

„Ich heiße Kovacz", erklärte er. „Wer Sie sind, weiß ich ja." Er lächelte kalt und nahm schräg auf dem dicken Rand der Barriere Platz.

„Sie sind Tscheche?" fragte Dr. Morton sofort.

„Genau. Und Sie sind es gewesen, der die Gastfreundschaft meines Landes schamlos ausgenutzt hat."

Dr. Ritter regte sich über die Worte auf. „Kommen Sie mir doch nicht mit diesen Sprüchen. Sie wissen genau, um was es geht oder gegangen ist. Die Unterlagen sind von Ihnen gestohlen worden."

„Ich habe sie nicht gestohlen. Wir haben sie kaufen lassen. Und ich hoffe, Mr. Morton, daß Sie die Pläne bei sich haben."

James breitete die Arme aus. „Sehen Sie etwas an mir?"

Kovacz bekam sehr kalte Augen. „Fangen Sie nicht jetzt schon an, den Helden zu spielen. Denken Sie immer an Alfred."

„Wo steckt er?"

Der Tscheche grinste Dr. Ritter an. „Glauben Sie wirklich, daß ich Ihnen auf diese Frage eine Antwort gebe?"

„Lebt er noch?"

„Kann sein."

„Wir sind hier, lassen Sie ihn frei. So war es abgemacht."

„Irrtum, Dr. Ritter." Kovacz schüttelte den Kopf. „Es war gar nichts abgemacht. Sie haben uns außerdem keine Vorschriften zu machen. Sie werden nämlich eine kleine Spazierfahrt machen."

„Wohin?"

„Bis an die Grenze!"

„Welche?"

„Der Bayerische Wald ist auch etwas Schönes. Finden Sie nicht? Wir fahren in die ČSSR."

Dr. Ritter schwieg, auch James Morton sagte nichts.

„Gefällt es Ihnen nicht?"

„Und wenn wir uns weigern?"

„Aber Dr. Ritter. Sie sind doch kein Mensch, der andere in den Tod schickt. Dieser Alfred würde es büßen müssen, verstehen Sie."

„Ich möchte ihn sehen!"

„Sie befinden sich in einer Lage, in der Sie keine Bedingungen mehr stellen können. Sie müssen meine akzeptieren."

„Kovacz", sagte Dr. Ritter mit drohend klingender Stimme. „Ich warne Sie. Ich werde..."

Der Tscheche zog mit einer nahezu zauberhaften Schnelligkeit eine Waffe und richtete die Mündung auf Dr. Ritter. „Was wollten Sie sagen, mein Lieber?"

Peter Ritter winkte ab. „Schon gut. Ihr Argument reicht mir."

„Schön, dann steht unserer Abfahrt ja nichts im Wege. Schade, daß Sie keine Wäsche zum Wechseln mitgenommen haben. Es kann nämlich länger dauern."

„Wer hat uns verraten, Kovacz?" fragte James Morton. „Wer war dieser Hundesohn?"

„Verraten? Sind Geschäftsleute Verräter?"

„In diesem Fall ja."

„Ich sehe das anders." Damit war für Kovacz das Thema erledigt. Ohne die Haltung der Waffe zu verändern, schaute er auf die Uhr. „Es wird Zeit, glaube ich." Dann rief er einen Befehl in seiner Heimatsprache.

Zwei Helfer traten durch die Tür, aus der auch Kovacz gekommen war. Es waren Typen, denen man nicht gern im Dunkeln begegnet, von der Marke Kleiderschrank.

Auch sie waren bewaffnet. In ihren Pranken wirkten die Schießeisen fast klein. Vom Aussehen her hätten sie Zwillinge sein können. Die dunklen Haare auf den platt wirkenden Schädeln, die stechenden Augen, das paßte alles zusammen.

Kovacz lächelte wieder kalt. „Meine beiden Freunde werden sich die Fahrt über um Sie kümmern. Sie sitzen auch am Lenkrad. Sie können sich voll und ganz auf sie verlassen. Jeder ist bisher in seiner langen Laufbahn unfallfrei gefahren."

„Wie beruhigend", sagte Dr. Ritter spöttisch.

„Ja, nicht." Kovacz trat zur Seite. „Wenn ich die Herren dann bitten dürfte. Viel Zeit bleibt uns nicht mehr."

„Wo sollen wir hin?"

„Aber Dr. Ritter, tun Sie nicht so. Die Wagen stehen im Hof. Das ist Ihr Ziel."

„Kommen Sie, James."

Morton sah aus, als wollte er noch etwas sagen. Sein Mund blieb geschlossen. Er schüttelte nur den Kopf und hob die Schultern. Es war eine Geste, die seine Niedergeschlagenheit ausdrückte.

Neben Kovacz blieb Dr. Ritter noch einmal stehen. „Ihre Rechnung geht nicht auf!" sprach er ihn direkt an. „Glauben Sie mir."

„Ich halte dagegen. Es ist einfach alles zu gut eingefädelt worden. Das hat auch Ihr Alfred einsehen müssen."

„Abwarten."

Sie gingen in den Hof, wo die Wagen der Spedition parkten. Die Sonne war tiefer gesunken. Ihre Strahlen glitten über die Dächer hinweg und wärmten das Geviert nicht mehr.

Vier LKWs standen nebeneinander. Die beiden Bewacher dirigierten Dr. Ritter und seinen englischen Kollegen an den rechten, außen parkenden Wagen.

Kovacz war ebenfalls mitgekommen und öffnete die rechte Hälfte der hinteren Ladetür. „Da hinein", sagte er. „Es wird für Sie etwas unbequem sein, aber daran gewöhnt man sich. Noch etwas. Zu schreien oder sich anderweitig bemerkbar zu machen, hat keinen Sinn. Diese Verkleidung ist übrigens schalldicht."

„Danke für den Tip!"

„Ritter, Ihnen wird die große Klappe noch vergehen." Kovacz drückte dem Wissenschaftler die Waffenmündung in den Rücken.

Dr. Ritter bestieg den Wagen. James Morton folgte ihm in das Halbdunkel. Sie hatten beide das Gefühl, in eine große Kiste zu steigen, die hinter ihnen geschlossen wurde.

Die Tür schnappte mit einem dumpfen Laut zu. Dann wurde von außen der Riegel vorgeschoben.

Die Tschechen lachten.

Dr. Ritter und James Morton hörten es nicht. Die Türen schlossen tatsächlich schalldicht...

Drei im rollenden Sarg

Sie kamen sich vor, als würden sie ihre Schritte in Watte setzen. Die Bewegungen wirkten gestelzt und unnatürlich. Jeder von ihnen bemühte sich, kein Geräusch zu verursachen.

Die Einfahrt war zwar nicht sehr eng, dennoch würden die Wände irgendwelche Laute als Echos zurückwerfen. Das fürchteten die vier Freunde.

Randy hatte die Spitze übernommen. Ela hielt sich nur einen Schritt hinter ihm. Sie schaute kurz zurück, sah Benny und Turbo. Der Junge aus England wirkte so, als würde er frieren.

Ela wollte ihn trösten. „Kein Sorge, Benny, wir schaffen es."

Randy hatte das Ende der Durchfahrt erreicht. Dort blieb er stehen. Sein Blick fiel in einen geräumigen Hof, wo vier Lastwagen nebeneinander standen.

Alles war völlig unverdächtig. Kein Mensch ließ sich blicken. Auch hinter den Fensterscheiben bewegte sich kein Gesicht oder eine Gestalt. Die Freunde standen nicht unter Beobachtung.

„Was meint ihr?" fragte Randy flüsternd.

„Ist alles so normal", sagte Turbo.
„Ja, zu unverdächtig."
„Das sagst du doch nur so." Ela räusperte sich. „Rück mal mit deinem Vorschlag raus. Sollen wir die Häuser durchsuchen? Da sind doch Türen. Wir gehen hinein und..."
„Bist du wahnsinnig!"
„Was willst du dann machen? Du wolltest doch Alfred herausholen. Er hat von hier telefoniert."
„Klar, fragt sich nur, aus welchem Haus!"
„Das weiß ich auch nicht."
„Eben." Randy ging etwas vor. „Das sieht mir hier nach Feierabend aus. Und Alfred kann überall stecken. Sogar in einem der vier Wagen."
Das war etwas für Ela. „Okay, weshalb fangen wir nicht dort mit der Suche an?"
„Meinst du, daß die Türen offen sind?"
„Probieren geht über studieren."
Randy warf Turbo und Benny einen zweifelnden Blick zu. „Was meint ihr dazu?"
„Begeistert bin ich nicht."
„Und weshalb nicht?"
Turbo hob die Schultern. „Das ist ziemlich gefährlich."
„Klar, es ist auch gefährlich, wenn du über die Straße läufst und nicht achtgibst. Was sagst du denn, Benny?"
„Sorry, ich weiß nicht."
Michaela machte einen Vorschlag. „Ich bin dafür, daß zwei von uns sich die komischen Lastwagen mal näher anschauen. Vielleicht finden wir etwas auf der Ladefläche. Und ich bin weiterhin dafür, daß Randy und ich die Aufgabe übernehmen. Wer hat noch Einwände?"
„Was ist mit uns?" fragte Turbo.
„Ihr könnt zunächst hier in der Einfahrt stehenbleiben und uns den Rücken decken. Wenn jemand kommt, dann pfeifst du einfach."
Turbo war einverstanden. „Was hältst du davon, Benny."
„Ist okay."
Auch Randy hatte nichts dagegen. „Drückt uns nur die Dau-

men", sagte er, „daß die Ladeflächen nicht verschlossen sind. Wenn das alles glattgeht, haben wir schon fast gewonnen."

Sie warteten nicht mehr länger. Ebenso vorsichtig wie beim Betreten der Einfahrt bewegten sie sich jetzt über den Hof, dessen Bepflasterung aus Kopfsteinen bestand, das an manchen Stellen unterschiedlich hoch gelegt worden war. Sie mußten aufpassen, daß sie nicht stolperten.

Niemand war da, der sie aufhielt. Auch jetzt zeigte sich keine fremde Gestalt an einem Fenster. Ela und Randy kamen sich ziemlich allein vor, liefen schneller und auf direktem Weg den vier Lastwagen entgegen. Im Schatten der mächtigen Kühlerschnauze blieben sie stehen.

„Welchen?" fragte Ela.

„Der neben uns parkt."

„Dann los."

Beide schlichen an der Längsseite entlang, um die Ladeklappe des festen Aufbaus zu erreichen. Eine Plane wäre natürlich günstiger gewesen, die war leider nicht vorhanden.

Durch große Hebel wurden die Ladetüren gesichert. Schlösser befanden sich noch zusätzlich daran. Allerdings hingen die starken Ketten so, daß sie die Hebel nicht sperrten.

Randy nickte. „Schon günstig!"

„Zieh die Türen auf."

„Ja, keine Panik." Randy schaute sich noch um. Hinter ihm befand sich eine glatte graue Hausfassade mit einer bogenförmigen Tür. Mit beiden Händen faßte der Junge nach dem Hebel und zog ihn nach unten. Er ließ sich leicht bewegen. Ela brauchte nicht einmal zu helfen. Dafür zog sie die Türhälfte auf.

Licht fiel auf die Ladefläche, drang allerdings nicht bis zum Ende vor, wo sich die Rückwand des Fahrerhauses befand.

„Ist die leer?" flüsterte das Mädchen.

„Ich schaue mal nach."

Randy kletterte hoch. Er konnte sich dabei auf einer Trittstufe abstützen und hatte den Fuß kaum draufgestellt, als er Elas leisen Ruf hörte.

Einen Moment später die hart klingende Männerstimme.

„Geh weiter, Junge. Geh in den Wagen. Tu so, als wäre ich überhaupt nicht vorhanden."

„Ela, was ist denn?" Randys Stimme zitterte.

„Neben mir steht jemand mit einer Waffe. Bitte, Randy, du mußt tun, was er sagt."

„Gut." Er nahm das letzte Hindernis mit einem großen Schritt, ging noch vor und bekam den Befehl stehenzubleiben.

„Jetzt du, Mädchen!"

„Wieso, ich wollte doch nicht..."

„Rein mit dir, verdammt!"

Dieser Tonfall erschreckte Michaela. Hastiger als ihr Freund betrat sie die Ladefläche.

„Na, warum nicht gleich so. Und nicht umdrehen, ihr beiden. Sonst wird es ungemütlich."

Das wurde es auch so. Randy und Ela sahen, wie der Lichtstreifen allmählich verschwand. Er wurde immer kleiner und war plötzlich nicht mehr vorhanden.

Sie hörten noch das Zuschnappen der Tür, dann nichts mehr.

Dunkelheit umgab sie. Die Aufbauten schlossen fugendicht. Nicht ein Lichtstreifen fand seinen Weg. Die Ladefläche des Lastwagens kam ihnen vor wie ein gewaltiger Sarg.

Ela streckte ihre Hände aus und berührte Randys Rücken. „Da... da bist du." Ihre Stimme zitterte.

Randy nickte, obwohl Ela diese Antwort nicht sehen konnte. Ihm war komisch zumute. Ein Frösteln lief über seinen Rükken. So hatte er sich den Ausgang des Abenteuers nicht vorgestellt. Eingesperrt auf der Ladefläche eines LKWs und dabei auf einem Hinterhof nahe dem Düsseldorfer Hafen stehend.

„Es ist zu, nicht?"

„Klar."

Ela fragte weiter. „Sollen wir nicht versuchen, ob wir die Tür von innen öffnen können?"

„Das wird keinen Sinn haben. Wir können auch nichts sehen." Randy hatte sich wieder gefangen. Der erste Schock war vorbei. „Der Aufbau ist zu stabil, das habe ich schon von außen gesehen. Da kommen wir niemals durch."

„Und wenn wir schreien?"

„Glaubst du, daß uns jemand hört?"

„Wahrscheinlich nicht."

Sie standen jetzt so dicht nebeneinander, daß sich ihre Körper gegenseitig berührten. Das brauchten sie auch. So kamen sie sich nicht allzu allein vor.

„Hast du den Kerl gesehen, der uns eingeschlossen hat?" erkundigte sich Randy mit leiser Stimme. Obwohl sie nicht gehört werden konnten, flüsterte er. Es lag einfach an der Dunkelheit, die so beängstigend wirkte.

„Den kannte ich nicht. Er war weißblond. So ein richtiger Fiesling. Er hatte eine Lederjacke an und Handschuhe, glaube ich. Komisch hat er auch gesprochen. Ein Deutscher war das nicht, meine ich."

„Vielleicht ein Tscheche."

„Kann sein."

„Es war ein Tscheche, Freunde!"

Weder Ela noch Randy hatten den Satz gesagt. Ein anderer, den sie bisher nicht hatten sehen können, der ihnen jedoch gut bekannt war, hatte sie begrüßt.

Alfred!

Beide sagten nichts. Ela legte ihre Hände um Randys Schulter. Er spürte, wie sie zitterte, und auch er schauerte zusammen.

Eine Täuschung, eine Einbildung? Gaukelte ihnen die Phantasie etwas vor?

„Ich träume doch nicht?"

„Keine Ahnung!" hauchte Randy. „Ich jedenfalls habe Alfreds Stimme gehört."

„Richtig, Randy, ich bin hier!"

„Das ist er wirklich!" rief Ela. „Das ist Alfred!" Sie jubelte plötzlich. „Den schickt uns der Himmel!"

„Oder auch nicht!" hörten sie die Stimme aus der Dunkelheit. „Mir geht es schlechter als euch."

„Wo... wo bist du denn?"

„Wenn ihr nach vorn kommt, werdet ihr über mich stolpern, falls ihr nicht aufpaßt."

„Hast du denn kein Feuer?" fragte Randy.

Alfred lachte. „Klar, nur komme ich mit gefesselten Händen nicht in meine Hosentasche."

„Gefesselt auch noch?" Ela schüttelte sich, als hätte ihr jemand kaltes Wasser über den Körper gegossen.

„Dann kommt mal näher, ihr beiden. Wie gesagt, gebt acht."

Randy schob seine Freundin hinter seinen Rücken. Er wollte die Spitze übernehmen und spürte so etwas wie Schwindel, als er in die absolute Finsternis hineinschritt. Es war ein ungewöhnliches Gehen, ohne auch nur die Hand vor Augen zu sehen. So etwas hatte Randy noch nie erlebt. Die Arme hielt er vorgestreckt. Auch Alfred hörte ihn. An der Lautstärke der Schritte rechnete er sich aus, wie nahe der Junge ihm schon gekommen war.

„Gib jetzt acht, Randy, damit du nicht über mich fällst."

„Okay, Alfred." Mit der rechten Fußspitze stieß Randy gegen einen weichen Widerstand.

Er blieb stehen und kniete nieder. Seine Finger lagen auf Alfreds Brustkasten. „Wo hat man dich denn gefesselt."

„Es sind die Hände. Auf dem Rücken sind sie mit Klebeband zusammengebunden. Das bekommst du nicht ab. Geh mal etwas zurück, ich will mich auf den Bauch wälzen."

Randy schuf Platz, damit sich Alfred drehen konnte. Er hatte nicht übertrieben. Seine Hände waren tatsächlich mit Band über Kreuz regelrecht zusammengeleimt worden.

„Sieh mal zu, daß du das Zeug abreißen kannst!"

„Hast du dein Messer nicht dabei?"

„Nein. Der Kerl nahm es mir ab."

Randy lachte. „Aber ich habe mein Taschenmesser. Es ist zwar nicht so toll wie dein Schweizer Messer, aber hierfür reicht es." Randy holte das flache Messer hervor. Mit spitzen Fingern zog er die Klinge aus dem Heft.

Inzwischen war auch Ela herangekommen. Sie kniete neben Randy und begrüßte Alfred. „Wie geht es dir denn?"

„Ich lebe."

„Du glaubst gar nicht, was wir für Angst gehabt haben", erzählte sie. „Wir dachten, daß sie dich umbringen würden."

„So leicht stirbt man nicht. Außerdem wird sich die Gegenseite das auch gut überlegen. Jetzt mal was anderes. Seid ihr allein gekommen?“

„Eigentlich ja. Nur Turbo und Benny warten noch in der Einfahrt!“ Randy hatte die Antwort gegeben.

„Warum habt ihr eurem Vater nicht Bescheid gesagt?“

„Das wollten wir. Er war nicht mehr zu erreichen. Die haben ihn in ein Lokal bestellt. Er ist dort gewesen. Als ich anrief, war er schon wieder weg.“

„War James Morton auch bei ihm?“

„Ja.“

„Um diesen Mann geht es ihnen.“

„Kannst du mal ruhig bleiben, Alfred? Ich will das Zeug zerschneiden.“

„Aber schneide nicht zu tief.“

„Keine Sorge. Wo steckt dein Feuerzeug?“

„In der rechten Hosentasche.“

Randy holte es hervor. Alfred mußte lachen, weil ihn die tastenden Finger kitzelten. Schließlich hatte Randy das flache Einwegfeuerzeug gefunden und reichte es Ela.

„Anzünden und halten!“

„Jawohl, Herr Feldwebel!“

Die kleine Flamme riß eine Insel aus der Dunkelheit. Ein flackerndes, helles Gebilde, das über Alfreds Gesicht tanzte. Der dunkelhaarige Mann grinste etwas schief, denn er hatte den Kopf zur Seite gedreht.

Randy machte sich an die Arbeit. Er ging sehr vorsichtig zu Werke. Die Kerle hatten mehrere Klebebänder um die Gelenke des Mannes gewickelt. Er konnte seine Hände nicht auseinanderziehen. Randy fand das Ende, riß daran, Ela leuchtete, und er brauchte das Messer nicht einzusetzen. Er konnte die Bänder auch so aufrollen.

Ela machte sich nützlich und befreite auch die Fußgelenke des Gefesselten auf die gleiche Art und Weise.

„Danke“, sagte Alfred. „Ich danke euch.“ Er zog die Beine an, setzte sich hin und preßte seinen Rücken gegen die Ladewand.

Ela hatte die Flamme wieder verlöschen lassen, weil sie sich schon die Finger verbrannt hatte. Sie hatte den Daumen in den Mund gesteckt und leckte an der Spitze.

„Ihr könnt euch ruhig setzen", sagte Alfred.

Randy lachte auf. „Du bist gut. Wir sind hier gefangen, und du denkst an die Bequemlichkeit. Wir müssen hier raus."

„Das weiß ich." Alfred massierte seine Gelenke. Im Dunkeln war es zu hören.

„Weshalb tust du denn nichts?"

„Weil ich es nicht schaffe, Junge."

„Tatsächlich?" fragte Ela.

„Ja, ich will euch den Grund erklären. Dieser Lastwagen ist verflixt stabil gebaut worden. Die Aufbauten schließen fugendicht. Ihr seht keinen Lichtstreifen. Der Wagen kann viel transportieren, möglicherweise auch leichtverderbliche Ware. Die Isolation ist hervorragend. Gegen Schall ebenso wie gegen äußere Temperaturen. Wir stecken in einem..."

„Sarg auf vier Rädern!"

„Richtig, Randy."

„Sagt nicht so was Komisches!" flüsterte Ela. „Ich mag keine Särge. Die flößen mir Angst ein."

„Dann haben wir also keine Chance?"

„Das will ich nicht sagen", antwortete Alfred. Sie hörten, wie er sich erhob und auch reckte. „Das tut gut", kommentierte er. „Die Knochen sind schon steif geworden. Wir haben ja Licht und werden uns die Tür noch einmal ansehen. Vielleicht gibt es eine Chance. Viel Hoffnung habe ich nicht."

„Wie ist es überhaupt dazu gekommen, daß man dich erwischt hat?" wollte Randy wissen. „Du hast uns angerufen..."

„Genau."

„Ist dir nicht aufgefallen, wie plötzlich das Gespräch beendet war? Da ist nämlich ein Typ in den Raum geschlichen und hat mir seine Kanone gezeigt."

„War das so ein Blonder?" fragte Ela.

„Ja, in Lederjacke. Er heißt Kovacz."

„Der hat uns auch erwischt."

„Das konnte ich sehen. Ihr standet im Licht."

„Weshalb hast du dich nicht gemeldet."

„Weißt du, Randy, wenn ich etwas gesagt hätte, wäre Kovacz bestimmt mißtrauisch geworden und hätte mich noch mal ins Reich der Träume geschickt. So kann er davon ausgehen, daß ich noch schlafe."

„Da ist was dran", gab Randy zu.

„Ich bin nur durch einen Zufall in den Fall hineingerutscht", sagte Ela. „Könnte ich mal erfahren, um was es eigentlich geht?"

„Das hätte ich auch gern gewußt."

Alfred lachte. „Ich weiß nicht, ob ich es euch sagen darf."

„Ist doch kein Staatsgeheimnis."

„Aber fast, Ela."

„Ich weiß auch über meinen Vater Bescheid", erklärte Randy. „Er ist ein Agent, nicht?"

„Nein, das kannst du nicht so sagen. Er arbeitet hin und wieder für die Regierung."

„Wie du?"

„Ja..." Er sprach das Wort gedehnt. „Ich hin und wieder auch. Das heißt, mehr als dein Vater, der ein sehr guter Wissenschaftler ist. Ebenso wie Dr. Morton."

„Um ihn ging es doch, nicht?"

„Richtig. Er ist Physiker und Computer-Spezialist. In dieser Eigenschaft reiste er auch in die Tschechoslowakei."

„Hat er dort spioniert?" fragte Ela.

„Auch nicht direkt. Er hat einen Auftrag bekommen. Dr. Morton sollte herausfinden, wer das westliche Wissen, das *Know how,* an den Osten verkaufte. Wie euch bekannt sein dürfte, ist der Osten in puncto Mikroelektronik noch nicht so weit wie wir im Westen oder wie es die Japaner sind. Wir haben einen jahrelangen Vorsprung, den der Osten trotz großer Anstrengung nie aufholen kann, weil ihm einfach das Geld fehlt. Deshalb greift man zu anderen Mitteln. Man kauft das Wissen von Leuten, die dazu bereit sind. Es gibt auch Firmen, die elektronische Anlagen hinter den Eisernen Vorhang schaffen und sehr viel Geld dafür bekommen. Das ist hier verboten. Für gewisse Güter existiert eine Exportsperre. Das gilt besonders für hochwertige Ware aus dem elektronischen Bereich. Wir müssen uns schützen."

„Und hat James Morton Leute gejagt, die diese Ware in den Osten verschieben?"

„Nein, das hat er nicht. Er wollte an Unterlagen herankommen, die im Westen gestohlen und in die Teschechoslowakei geschafft wurden. Dr. Morton wußte auch, wer sie in Besitz hatte. Ein Physiker, der in einem bestimmten Institut in Prag arbeitete, an dem Dr. Morton bekannt ist. Er bot sich an, Gastvorträge zu halten, die Tschechen willigten ein, und Dr. Morton nahm sogar noch seinen Sohn mit, damit er unverdächtiger wirkte. Er hat es tatsächlich geschafft, an die Unterlagen heranzukommen. Er konnte den Film zurückerobern."

„Dann schöpften die Tschechen Verdacht?"

„Genau, Ela. Sie merkten, daß ihnen etwas fehlte. Sie kamen auf Dr. Morton. Den Kreis um ihn zogen sie immer enger. Er wurde heimlich beobachtet, er fühlte sich bedroht und setzte einen Hilferuf ab. Jemand sollte kommen und ihn rausholen. Die Wahl fiel auf mich. Ich bin dann gefahren und habe es geschafft."

„Wie James Bond in seinem letzten Film", sagte Ela. „Auch durch eine Rohrleitung?"

„Nein, so spektakulär war es nicht. Allerdings auch bei einer Nacht-und-Nebel-Aktion. Ebenfalls mit viel Action. Kurz vor der Grenze hätten uns die Verfolger fast gehabt. Wir verdanken es eigentlich nur einer Reifenpanne der anderen, daß wir durchkamen." Alfred lachte leise. „Ich hatte Reifenkiller gestreut. Das sind diese zum Dreieck verbundenen, fingerlangen Stahlnägel, denen kein normaler Reifen widersteht. Wir kamen deshalb durch."

„Und jetzt haben sie uns wieder!" flüsterte Ela.

„Leider. Wir alle haben die Gefahr und die Hartnäckigkeit der anderen Seite unterschätzt. Sie haben auch hier ihre Verbindungen, denn es muß jemand geben, der uns verraten hat. Leider sind zu viele Menschen zu geldgierig."

„Wer kann der Verräter sein?"

„Tja, Randy, wenn ich das wüßte."

„Hast du einen Verdacht? Kovacz?"

„Nein, der nicht. Mich hat es in der Halle des Hotels erwischt. Dort wollte ich mich mit einem gewissen Heiko Grünberg treffen. Er ist ein Verbindungsmann zwischen zwei Diensten. Dem deutschen und dem englischen. Er wollte die weitere Reise von Dr. Morton in seine Heimat organisieren, damit nichts schiefläuft."

„Hast du ihn denn getroffen?" fragte Ela.

„Ja, er war da."

„Was hat er gesagt?"

„Wir kamen nicht dazu, über Einzelheiten zu reden. Heiko Grünberg verschwand, weil er noch telefonieren mußte. Ich genehmigte mir einen Drink. Und er haute mich von den Beinen. Er war präpariert worden. Man schleppte mich aus der Halle. In einer alten Waschkaue kam ich wieder zu mir, konnte mich befreien und gelangte über eine Treppe in das Büro der Radex Spedition. Von dort habe ich angerufen. Den Rest kennt ihr."

„Ja, den kennen wir", murmelte Randy. Er räusperte sich. „Ich kann es noch gar nicht glauben. Es ist mir, als würde ich einen Film erleben. Das soll alles Wirklichkeit sein?"

„Ich kann es nicht ändern."

„Jetzt müssen wir nur hier herauskommen." Randy trat zur Seite. „Leuchte mal, Ela."

Auch Alfred war wieder soweit fit, daß er sich gut bewegen konnte. Er folgte den beiden Freunden bis zur Ladetür, wo Michaela leuchtete, den Arm auf und nieder bewegte, um mehr sehen zu können.

Alfred tastete die Tür ab. Besonders die Stelle, wo die beiden Hälften zusammentrafen.

Die glatte Oberfläche war kaum unterbrochen. Der Spalt war nicht zu sehen und auch nicht zu fühlen. „Nichts, gar nichts", sagte Alfred. „Wir können einfach nichts tun."

„Also müssen wir warten, bis man uns befreit."

„So sehe ich es auch, Ela."

Randy sprach dagegen. „Ich glaube nicht, daß die uns hier rausholen werden."

„Verhungern lassen werden sie uns schon nicht."

„Vielleicht fahren sie auch weg."

„Mit uns?" staunte Ela.

„Warum nicht."

„Und wohin?"

„Weiß nicht. Was meinst du, Alfred?"

„Keine Ahnung. Wir müssen auch an James Morton denken. Um ihn geht es schließlich."

„Und um meinen Vater."

„Natürlich, Randy. Die beiden sind die Schlüsselfiguren. Mich hat man entführt, weil man eine Trumpfkarte in der Hand haben wollte. Daß ihr noch zusätzlich hinzugekommen seid, macht die Sache nicht einfacher. Wir können uns nichts einfallen lassen. Die anderen sind am Zug. Wir müssen reagieren, nicht agieren."

„Sei mal ruhig!" zischte Ela.

„Was ist denn?"

„Der... Wagen. Ich glaube, er hat sich bewegt."

Sie lauschten und konzentrierten sich. Dann hörten sie zwei dumpfe Schläge.

„Was war das denn?" wisperte Ela.

Die Antwort gab Alfred. „Ich glaube, da hat jemand die Türen zugeschlagen."

„Es würde heißen, daß Leute eingestiegen sind und gleich losfahren werden."

„Das kann passieren."

Alfred war dafür, nicht mehr an der Tür stehen zu bleiben. „Sollten wir fahren, müssen wir sitzen." Sie tasteten sich dorthin zurück, wo Alfred gefesselt gelegen hatte.

Kaum hatten sie ihre Plätze eingenommen, als es losging. Der LKW begann zu zittern, als jemand im Führerhaus den Motor anließ. Sie vernahmen zunächst ein stotterndes Geräusch. Es dauerte seine Zeit, bis der Motor warm gelaufen war, dann hörten sie das satte Dröhnen, das ihnen wie ein Disco-Sound vorkam.

„Es geht los!" sagte Ela und tastete nach Randys Arm. „Jetzt stecken wir wirklich in einem rollenden Sarg..."

Angst um Ela und Randy

Zuerst war alles glattgelaufen. Turbo und Benny waren in der Einfahrt zurückgeblieben und hielten sich dabei so dicht an der Wand, daß sie in guter Deckung standen. Von Randy und Ela sahen sie nichts mehr. Die vier Lastwagen hatten ihnen die Sicht auf die beiden Freunde genommen.

Jetzt warteten sie.

Auch Turbo, ansonsten die Ruhe selbst, was seiner asiatischen Mentalität entsprach, konnte seine Nervosität nicht mehr verbergen. Er trat unruhig von einem Fuß auf den anderen, schaute öfter auf die Uhr, ohne die Zeit abzulesen, und wunderte sich darüber, daß Ela und Randy noch nicht wieder erschienen waren.

„Da spricht jemand." Benny besaß Ohren wie ein Luchs. Seine Augen hatten sich geweitet, als er die Worte sagte. Über seine Arme lief eine Gänsehaut. „Ich sehe aber niemand."

Turbo legte den Finger auf die Lippen. Die beiden Jungen standen am Ende der Einfahrt und noch weiterhin in guter Deckung. Turbo streckte den Kopf etwas vor. Er wollte in den Hof hineinhorchen, vernahm die Stimme nicht, dafür ein dumpf klingendes Geräusch, als wäre an den Wagen etwas zugeschlagen worden.

„War das eine Tür?"

Benny hatte nicht zugehört. Im nächsten Augenblick erschraken beide, als sie einen Mann sahen, der weißblonde Haare hatte und eine schwarze Lederjacke trug. Er war hinter dem Wagen hervorgetreten und schritt quer über den Hof, ohne sich umzuschauen.

Sofort zogen sich Turbo und Benny zurück. Sie preßten sich noch härter gegen die Wand, warteten zitternd. Wenn der Kerl in der Lederjacke nur einmal zurückschaute, mußte er sie entdecken.

Er tat es nicht, weil er es viel zu eilig hatte. Mit langen Schritten lief er auf eine Tür zu, schloß sie auf und verschwand im dunklen Schlauch eines Flurs.

Die Jungen atmeten auf.

Benny stellte die richtige Frage. „Wo sind denn unsere Freunde?“ Er schaute Turbo aus großen Augen an.

„Wenn ich das wüßte“, flüsterte Turbo und noch einmal: „Wenn ich das wüßte.“

„Suchen wir sie?“

„Wo denn?“

Benny zog die Schultern hoch.

„Vielleicht im Wagen. Sie können da hineingeklettert sein, ohne daß wir es gesehen haben.“

„Sie sind nicht mehr wieder rausgekommen.“ Turbo atmete tief durch. „Da stimmt etwas nicht.“

„Das war der Mann mit der Jacke!“

„Genau, Benny." Turbo schnickte mit den Fingern. „Der kann sie eingesperrt haben."

„Dann müssen wir sie befreien?"

„Wenn das so einfach wäre."

„Oder Hilfe holen. Die Polizei." Benny sah traurig aus. „Mein Dad ist auch nicht da."

„Das wird wohl jetzt alles zu spät sein", bemerkte Turbo. Er hatte die vier Männer gesehen, die das Haus verließen. Sie trugen die typische Kleidung von Truckern.

Breite Lederjacken, Jeans, hohe Turnschuhe. Auch der Weißblonde tauchte wieder auf. Bevor die Fahrer einstiegen, holte er sie ein und redete mit ihnen.

Turbo und Benny verstanden kein Wort von dem, was sie sprachen. Sie konnten nur mehr beobachten und sahen, daß der Weißblonde einige Male auf seine Uhr deutete.

Die Jungen selbst mußten achtgeben, daß sie nicht entdeckt wurden. Sie hatten sich weiter zurückgezogen und standen schon fast am Tor. Dann verschwanden sie blitzschnell, weil der Weißblonde auf die Einfahrt zuging. Ob er sie entdeckt hatte, konnten sie nicht sagen. So rasch wie möglich waren sie durch das Tor und um die Ecke gehuscht. In der leeren Straße drückten sie sich in eine Türnische.

Das Quietschen der Angeln bewies ihnen, daß jemand das Tor öffnete. Turbo hätte gern um die Ecke gepeilt. Er traute sich nicht. Dicht nebeneinander warteten die Jungen ab.

Bevor sie die Wagen sahen, hörten sie die donnernden Geräusche der starken Motoren. Wie harte Trompetenstöße schallten sie in die Straße hinein. Die Fassaden warfen sie als Echos zurück.

Es sah schon bedrohlich aus, wie sich der erste Truck auf die Straße schob. Die Kühlerschnauze vibrierte. Für einen Moment stoppte der Fahrer. Die Straße war frei und eng. Aber nicht so eng, daß der LKW die Rechtskurve nicht geschafft hätte.

Turbo schaute auf die Rückseite. Er besaß gute Augen und stand auch nahe genug, um sich die Autonummer einzuprägen. Dreimal flüsterte er sie vor sich hin, dann hatte er sie behalten.

Der nächste Wagen erschien. Auch er rollte vorsichtig aus der Einfahrt, begleitet von blaugrauen, stinkenden Auspuffwolken.

„Radex Spedition" war deutlich an den Seiten des Ladeaufbaus zu lesen. Auch das Kennzeichen des zweiten Wagens prägte Turbo sich gut ein.

Wie zwei Ungetüme donnerten die beiden Wagen in Richtung Rhein. Wenn sie am Samstag fuhren, mußten sie eine Sondergenehmigung haben. Zu gern hätte Turbo über das Ziel der Trucks Bescheid gewußt. Und auch mehr über die verschwundenen Freunde sowie Dr. Ritter und James Morton.

„Sollen wir nicht gehen?" fragte Benny.

„Nein, warte noch. Ich habe den weißblonden Mann nicht mehr gesehen. Der ist bestimmt noch da."

Er kam.

Allerdings nicht zu Fuß. Ein dunkelblauer BMW der 3er-Serie rollte langsam durch das offene Tor. Der Mann mit den weißblonden Haaren hielt an, stieg aus und schloß das Tor. Er schaute sich bei dieser Aktion mißtrauisch um, so daß die Jungen gezwungen waren, in ihrer Deckung zu bleiben. Danach stieg der Mann wieder ein und brauste hinter den beiden Lastwagen her.

Sekunden später senkte sich die Stille über die Straße, als wäre nie etwas gewesen.

Turbo und Benny verließen ihr Versteck. Der Junge aus Japan war blaß geworden.

„Jetzt sind wir allein", sagte er.

„Und müssen etwas tun."

„Die Polizei...?"

„Was werden die sagen?"

„Ich weiß es nicht. Zum Glück kenne ich da einen Mann. Er ist ein Freund der Familie Ritter, Kommissar Hartmann. Der kann viel für uns tun."

„Und was ist mit Frau Ritter?"

„Gut gedacht. Die rufen wir zuerst an." Turbo kramte bereits in seiner Hosentasche herum. Er suchte nach Kleingeld, fand einige Groschen und auch Markstücke.

„Ich habe eine Telefonzelle gesehen. Komm mit."

Sie rannten. Es war die Furcht, die sie voranpeitschte. Beide hatten Angst, zu spät zu kommen.

Turbo quetschte sich in die Zelle, Benny folgte ihm. Das Geld fiel durch den Schlitz, und Turbo konnte wählen. Es war noch einer der alten Apparate mit einer schwarzen Drehscheibe.

„Hoffentlich ist Frau Ritter zu Hause. Wenn ich daran denke, was ich ihr gleich sagen muß..."

„Ja, hier Ritter!"

Turbo erschrak, als er die Stimme hörte. „Ich bin es, Turbo. Frau Ritter, ich muß Ihnen etwas sagen."

„Es ist etwas passiert!"

„Ja, Frau Ritter."

„Bitte, Turbo, rede."

„Es dauert etwas länger. Benny und ich wissen nicht, was wir machen sollen." Dann begann er mit seinem Bericht. Turbo erzählte nicht jede Einzelheit, er sprach auch nicht von den Gründen. Wichtiger waren die Tatsachen, denen sie sich zu stellen hatten.

Frau Ritter war eine sehr gute Zuhörerin. Turbo kannte sie noch nicht sehr lange. Für ihn war sie eine perfekte Köchin und eine Frau, die sich eben voll und ganz um die Familie kümmerte, die alles im Griff hatte und stets sehr ausgleichend wirkte, wenn auch etwas ängstlich.

Diesmal konnte er nicht behutsam vorgehen, und er mußte damit rechnen, daß Frau Ritter aufgeregt reagieren würde.

„So war es also", sagte er zum Schluß. Schweiß klebte auf seiner Stirn. Der Bericht hatte ihn angestrengt, und seine Hände zitterten.

„War das alles, Turbo."

„Ehrenwort, Frau Ritter!"

„Dann höre jetzt genau zu. Zunächst einmal, wo seid ihr genau? Kannst du das herausfinden?"

„Ich habe mir die Straße gemerkt." Der Junge gab sie durch.

„Verstanden. Jetzt die Autonummern. Ich werde sie notieren."

Turbo überlegte einen Moment. Ja, er hatte sie behalten. Die drei Düsseldorfer Kennzeichen gab er durch. Die der Lastwagen und die des BMW.

„Danke, das habe ich notiert."

Er hatte erwartet, daß sie ihn anfahren oder voller Angst mit zittriger Stimme sprechen würde, das alles war nicht eingetreten. Marion Ritter hatte sich in seinen Augen völlig verändert. Sie redete zielorientiert, ohne Gefühle zu zeigen. Aber ihre Stimme klang nicht hart, sondern wie die einer Person, die genau wußte, was sie wollte.

„Ich wollte jetzt eigentlich die Polizei anrufen", sagte Turbo.

„Nein, das wirst du nicht tun, Turbo."

„Keine ..." Er atmete heftig. „Auch nicht Kommissar Hartmann?"

„So ist es. Ich übernehme die weiteren Dinge. Es gibt bestimmte Situationen, auf die bin ich gewissermaßen vorbereitet. Eine derartige Lage ist jetzt eingetreten. Ich möchte dir nur sagen, daß du und Benny bleiben werdet, wo ihr seid. In der nächsten halben Stunde wird ein Wagen vorbeikommen, anhalten und euch mitnehmen. Der Mann wird sich als Herr Schneider vorstellen. Dann wißt ihr Bescheid."

„Schneider. Gut, behalten. Wissen Sie denn, wie es weiterläuft, Frau Ritter. Ihr Mann und Dr. Morton sind ja auch verschwunden."

„Ich weiß es natürlich nicht. Aber ich werde einen Alarmplan in die Praxis umsetzen, der für diese Fälle existiert."

„Danke, Frau Ritter."

„Schon gut. Ich möchte nur, daß ihr genau tut, was ich euch gesagt habe. Wichtig war, daß du dir die Kennzeichen gemerkt hast. Damit ist uns viel geholfen."

„Das hoffe ich auch."

„Macht's gut, ihr beiden. Keine Sorge, wir werden es schon schaffen. Alle gemeinsam."

Zum Schluß hatte die Stimme sehr leise geklungen. So, wie es Turbo eigentlich von Beginn an erwartet hatte.

Benny hatte nicht viel mitbekommen. Er stand außerhalb der Zelle, als Turbo einhängte. „Was war los? Big trouble?"

„Nein, das Gegenteil. Sie hat überraschend kalt reagiert."

„Friert sie?"

„Nein, so meine ich nicht. Kalt ist etwas anderes. Sachlich, du verstehst?"

„Auch nicht."

Turbo winkte ab. „Das kann uns egal sein. Jedenfalls werden wir nicht zur Polizei gehen."

„Why not?"

„Der Grund ist einfach, auch wenn ich ihn nicht begreife. Wir sollen hier auf einen Herrn Schneider warten."

„Kennst du ihn?"

„Ich habe den Namen noch nie gehört und den Mann auch nicht gesehen. Frau Ritter will ihm Bescheid geben. Er muß ebenfalls etwas Besonderes sein."

„Secret Service?"

„Ja, so etwas wie ein Geheimdienstmann."

„Das wird very interesting."

„Ich hoffe nur, daß alles gut verläuft. Mit den Kerlen ist nicht zu spaßen. Wenn ich diesen Weißblonden sehe, bekomme ich es mit der Angst zu tun." Turbo schaute sich mit einem Blick um, als rechnete er damit, daß der Mann jeden Moment erscheinen konnte.

Sie standen an einer Straße, die relativ belebt war. Geschäfts- und Wohnhäuser wechselten sich ab. In der Fahrbahnmitte glänzten graublau die Schienen der Straßenbahn. Spaziergänger waren unterwegs, die einen herbstlichen Spätnachmittag genossen. Autos rollten vorbei. Verdächtige Vorgänge fielen ihnen nicht auf.

Benny hatte eine Frage. „Wann wollen sie denn bei uns sein?"

„Das konnte mir Frau Ritter nicht genau sagen. Vielleicht müssen wir eine halbe Stunde warten."

„Wie geht es weiter?"

„Wenn ich das wüßte."

„Die fahren uns zum Castle", erklärte Benny überzeugt.

„Das glaube ich nicht so recht. Dadurch würden sie Zeit verlieren. Die brauchen sie ja, um die Gangster zu fangen." Turbo

schaute auf die andere Straßenseite. „Wenn ich nur wüßte, wie es Randy und Ela jetzt geht. Wenn ich das nur wüßte."

„Und auch meinem Dad."

„Dem natürlich auch, und Dr. Ritter." Turbo ging im Kreis. Er zog ein nachdenkliches Gesicht, ohne sich allerdings gedanklich mit dem Fall zu beschäftigen. Dazu war er zu schwierig, und Turbo besaß auch nicht den richtigen Durchblick.

Sie warteten auf den Unbekannten. Die Minuten verrannen wie gewöhnlich, ihnen kamen sie endlos vor. Sekunden dehnten sich wie weiches Kaugummi, das jemand in die Länge zieht.

Einmal rollte ein grüner Scorpio langsam auf die Jungen zu. Der Wagen stoppte nicht weit von ihnen entfernt. Eine Frau stieg aus, winkte dem Fahrer noch einmal zu und verschwand in einem Haus.

„Auch nichts“, murmelte Turbo enttäuscht.

„Wo sie wohl sind?“ fragte Benny.

Turbo hob die Schultern. „Deutschland ist groß. Kann sein, daß sie auch wieder in die Tschechoslowakei wollen.“

„Yes, daran habe ich auch gedacht.“

Wieder kam eine Straßenbahn vorbei. Nicht weit entfernt hielt sie an einer Haltestelle. Einige Fahrgäste verließen die Bahn, nur eine ältere Frau stieg ein.

Als die Bahn wieder anfuhr, sahen sie den Wagen, der auf sie zurollte. Ein dunkler Mercedes, bei dem die lange Antenne am Heck auffiel. „Das sind sie, glaube ich“, flüsterte Turbo.

Der Wagen hielt neben ihnen. Noch taten die Jungen nichts. Sie konnten erkennen, daß zwei Männer vorn saßen. Die Beifahrertür schwang auf. Ein Mann, der etwa in Dr. Ritters Alter war, stieg aus. Hinter den Gläsern seiner Brille blitzten die Augen. Er war sportlich gekleidet. Unter der Jacke trug er einen grünen Pullover. Das dunkle Haar war kurz geschnitten.

„Ich bin Uwe Schneider“, erklärte er und reichte Turbo die Hand, die dieser zögernd ergriff. Danach kam Benny an die Reihe.

„Frau Ritter informierte mich.“ Er nickte und lächelte dabei. „So, dann wollen wir mal.“

„Sollen wir mit Ihnen fahren?“

„Natürlich.“

„Wohin denn?“

„Tja, das wird sich zeigen.“

„Nicht zum Castle?“

Herr Schneider wußte Bescheid. „Nein, nicht zu den Ritters. Wenigstens vorerst nicht. Steigt ein, wir haben nicht mehr viel Zeit.“

Die Fondtür war offen. Als Turbo und Benny im Wagen saßen, drehte sich auch der Fahrer um. „Mein Name ist Goltz. Martin Goltz. Grüß euch, ihr beiden.“

„Hallo.“

Uwe Schneider schloß die Tür. „Herr Goltz ist einer der besten Autofahrer, die ich kenne.“

„Übertreibe mal nicht.“

„Doch, fahr ab."

Die Jungen wunderten sich, daß sie innerhalb des Stadtgebietes blieben. Nicht weit von der Kö entfernt, fand Herr Goltz eine Parklücke und stellte den Wagen ab.

„Und jetzt?"

Uwe Schneider drehte sich auf seinem Sitz um. „Ihr und ich, wir gehen einen Schluck trinken." Er deutete auf den Gehsteig. „Da ist ein Café, und dort können wir uns auch in Ruhe unterhalten. Einverstanden?"

„Sie hatten es doch vorhin so eilig."

„Das weiß ich. Keine Sorge. Wenn etwas passiert, wird uns Herr Goltz Bescheid geben. Wir sind mit allem ausgerüstet, wie ihr seht. Nicht nur mit einem Autotelefon, auch mit drahtlosen Walkie-talkies, den Funksprechgeräten."

„Das ist stark."

Durch die Straße wehte ein kühlerer Wind. Die Sonne hatte sich zurückgezogen. Bald würde die Dämmerung beginnen.

Das Café war gut besucht. Sie fanden trotzdem einen freien Tisch, bestellten Schokolade und Kaffee. Die Getränke wurden schnell serviert. Herr Schneider zahlte auch sofort, danach bat er die Jungen, die Geschichte noch einmal zu erzählen.

Wieder spulte Turbo seinen Bericht ab. Herr Schneider war ein guter Zuhörer, auch wenn er Zwischenfragen stellte, die sich besonders auf den Weißblonden und die vier Fahrer bezogen. Schneider kannte ihn sogar namentlich.

„Er heißt Kovacz und ist ein gefährlicher Mann, der uns schon viel Ärger bereitet hat."

„Gehört ihm die Firma?"

„Nein, Turbo, da stecken andere Leute dahinter."

„Haben Sie die auch in Verdacht?"

„Lassen wir uns von etwas anderem reden." Herr Schneider lächelte. „Wichtig ist, daß wir die Lastwagen bekommen und stoppen."

„Sie wollen sie jagen?"

„Natürlich."

„Was passiert denn, wenn sie gestoppt werden? Die Männer werden sich doch wehren."

„Wir sind auch nicht von gestern. Wichtig war nur, daß du die Kennzeichen behalten hast. Es läuft bereits eine regionale Fahndung nach den Fahrzeugen. Sobald sie von einem Polizeiwagen gesichtet werden, bekommen wir Bescheid."

„Verfolgen wir sie dann?"

„So ist es."

„That's very exciting", sagte Benny. „Eine richtige Jagd."

„So ähnlich." Herr Schneider wollte noch etwas sagen, wurde jedoch abgelenkt, weil sich das Funkgerät meldete. Er holte den flachen Kasten aus der Tasche und schaltete auf Empfang.

„Sie sind entdeckt worden. Zwei Lastwagen und der BMW, der sich vor sie gesetzt hat", meldete Herr Goltz.

„Und wo?" Herr Schneider blieb ruhig. Die Jungen nicht. Sie rutschten nervös auf den Stuhlflächen hin und her.

„Auf der Autobahn in Richtung Frankfurt. Köln haben sie bereits passiert. Ab jetzt werden sie unter Beobachtung stehen."

„Wann holen wir sie ein?"

Goltz lachte. „Ich schalte den Nachbrenner ein."

„Wir kommen."

Die Jungen hatten noch nicht einmal ihre Tassen geleert, so sehr hatten sich die Ereignisse überschlagen.

Herr Goltz stellte den Motor an, als sie das Café verließen.

„Schnallt euch gut an", riet Herr Schneider.

„Wann wird der Nachbrenner eingeschaltet?" fragte Turbo.

„Erst auf der Autobahn..."

Trip ins Ungewisse

Man sagt, daß sich der Mensch an alles gewöhnt, auch an die negativen, die unangenehmen Dinge.

Ela, Randy und Alfred erging es nicht anders. Sie hockten

breitbeinig auf der stockdunklen Ladefläche und hatten sich zunächst mit ihrem Schicksal abgefunden.

In den ersten Minuten der Fahrt war es schwer gewesen, die Fliehkräfte auszugleichen, die entstanden, wenn der LKW zu scharf in eine Kurve fuhr. Mittlerweile kamen sie auch damit zurecht, zudem gab es keine scharfen Kurven mehr.

Ein Zeichen, daß sie sich auf der Autobahn befanden.

Sie konnten sich nicht orientieren. Nur das Brummen des Motors hörten sie, das Rollen der Reifen über den glatten Asphalt und auch die Geräusche, wenn sie von schneller fahrenden Wagen überholt wurden.

„Wenn man wenigstens die Richtung wüßte, in die wir fahren“, sagte Randy.

„Das wird nach Süden sein“, meinte Alfred.

„Woher weißt du das?“

„Wenn sie tatsächlich in die Tschechoslowakei wollen, müssen sie die Autobahn in Richtung Frankfurt nehmen. Dann Würzburg–Nürnberg.“

„Das dauert, was.“

„Richtig.“

„Es sind vier Fahrer, vergiß es nicht“, sagte Ela. „Die können sich abwechseln.“

„Das werden sie bestimmt."

„Weiß eigentlich jemand, wie lange wir schon unterwegs sind?" fragte Alfred. „Ich habe nämlich vergessen, beim Start auf die Uhr zu schauen."

„Ich habe es getan", sagte Ela. „wir sind ungefähr eine Stunde unterwegs."

„Gut, Ela." Alfred rechnete kurz nach. „Hinter Köln sind wir längst. Ich schätze, daß wir soeben durch das Siebengebirge und dann in den Westerwald kommen."

„Wo der Wind so kalt pfeift", sagte Randy.

„Genau."

„Der wird uns bald auch eisig um die Ohren wehen." Randy räusperte sich. „Wenn mir gestern einer gesagt hätte, daß ich heute in einem LKW als Gefangener hocke, den hätte ich ausgelacht."

„Das Leben hält oft genug Überraschungen parat. Aber was soll's? Machen wir das Beste aus der Sache."

„Und das wäre?"

„Versucht zu schlafen, Kinder. Man kann sich im Schlaf erholen und ausruhen. Ein altes, sehr einfaches, aber auch wirkungsvolles Rezept."

„Als ob ich jetzt schlafen könnte!" rief Randy.

„Versuche es einfach."

„Das schaffe ich auch nicht!" erklärte Ela.

„Keine voreiligen Schlüsse, Mädchen. Ich jedenfalls verabschiede mich für eine Weile."

„Du hast Nerven, Alfred."

Er lachte. „Die muß man haben, Randy. Wie sagt man so schön? Alles nur Nervensache."

„Bei mir aber nicht."

Alfred gab keine Antwort mehr. Er rutschte nur mehr in eine bequemere Lage, wo er auch die Beine ausstrecken konnte, und war in nicht einmal einer Minute fest eingeschlafen. Leise Schnarchtöne verrieten den beiden dies.

„Dabei kann ich das Schnarchen nicht hören!" beschwerte sich Michaela.

„Denkst du, ich. Aber wie sagte Alfred? Alles nur Nervensache. Beweise das mal, Möpschen."

„Halte nur den Mund, sonst drehe ich dich hier noch durch die Mangel. Du weißt ja, für jedes Möpschen gibt es einen Schulterwurf. Wegen der besonderen Umstände lasse ich heute noch einmal Gnade vor Recht ergehen."

„Oh, ich danke dir."

Ihr Gespräch versickerte. Die Geräuschkulisse änderte sich nicht. Sie blieb monoton und auch einschläfernd.

Ela bekam dies als erste zu spüren. Trotz des ungewissen Schicksals, das vor ihr und Randy lag, hörte der Junge ihr Gähnen. „Du bist müde?" fragte er.

„Etwas."

„Dann schlaf doch."

Ela gab schon keine Antwort mehr. Sie war tatsächlich in den letzten Sekunden eingeschlafen. Randy vernahm die ruhigen Atemzüge dicht an seinem rechten Ohr.

Er war noch als einziger wach, und er dachte an das, was hinter und möglicherweise noch vor ihnen lag. Daß man sie entführt hatte, stand außer Zweifel. Die andere Seite hatte sich zu einem Verbrechen hinreißen lassen.

Von Alfred wußte er, daß es um viel ging. Der Osten zahlte eine Menge Geld für gewisse High-Tech-Informationen, da spielten Grundsätze der Moral keine Rolle.

Und wie war es mit Menschenleben?

Randy Ritter verdrängte den Gedanken daran. Er trieb ihm den kalten Schweiß auf die Stirn. Es gelang ihm, sich gedanklich von *seinem* Schicksal zu lösen. Er mußte auch an seinen Vater denken, der verschwunden war. Hatte man ihn und Dr. Morton ebenfalls entführt? Wenn ja, wo befanden sie sich jetzt?

Bestimmt sollten auch sie in ein anderes Land geschafft werden. Vielleicht trafen sie sich hinter dem Eisernen Vorhang wieder. Dann würde nur nichts mehr so sein wie sonst.

Trotzdem gab es eine Hoffnung, die sogar zwei Namen besaß: Turbo und Benny.

Die beiden Freunde mußten mitbekommen haben, was geschehen war. Sie waren nicht erwischt worden. Da gab es nur die Möglichkeit, die Polizei einzuschalten, in die Randy großes Vertrauen setzte, weil ein Mann wie Kommissar Hartmann zu den Freunden der Familie Ritter zählte. Der wußte immer, wo es langging. Hartmann behielt die Nerven. Er besaß gute Verbindungen und würde bestimmt auch jetzt alles daransetzen, um die Entführten zu finden.

Randys Gedanken schweiften ab. Es fiel ihm schwer, sich zu konzentrieren. Die Luft auf der Ladefläche war auch nicht die beste. Hinter seiner Stirn spürte er einen leichten Druck. Ihn strengte die Monotonie des Fahrens an und machte ihn gleichzeitig lethargisch. Es kam der Zeitpunkt, wo auch Randy Ritter die Augen nicht mehr offenhalten konnte und einnickte.

Es war kein Tiefschlaf, mehr ein Dahindämmern, und er ruhte sich auch nicht aus.

Wilde Träume plagten ihn. Sie waren so stark, daß Randy anfing im Traum zu sprechen. Er murmelte die Namen seiner Freunde und auch die der Eltern.

Der LKW aber rollte weiter. Daß es längst dunkel geworden

war, davon hatten die Gefangenen auf der Ladefläche nichts bemerkt. Sie sahen auch nichts von der Außenwelt, der Vergleich mit einem rollenden Sarg traf immer stärker zu.

Bis zu dem Zeitpunkt, als alles anders wurde.

Ziemlich abrupt bremste der Fahrer ab. Die Körper der Schlafenden gerieten in Bewegung, schleuderten nach vorn, stießen auch gegeneinander. Randy und Ela kippten zur Seite, weil der LKW in eine Kurve fuhr, die sehr lang war.

„He, was ist?“ fragte Ela schlaftrunken.

„Nichts“, murmelte Randy, „aber du liegst auf mir. Geh mal wieder hoch.“

„Wo bin ich denn?“

Jetzt meldete sich Alfred. „Keine Panik, das war nur eine Kurve. Was deine Frage angeht, Ela, wir befinden uns noch immer auf der Ladefläche des Lastwagens.“

„Ach ja, diese Gangster.“

„Genau.“

Auch Randy war jetzt voll da. Sie lauschten dem Zischen der Druckluftbremsen und spürten sehr deutlich, daß die Geschwindigkeit abnahm.

„Ob wir schon da sind?“

„Keine Ahnung, Ela.“ Alfred hatte die Antwort gegeben. „Jedenfalls wird sich einiges ändern.“

Sekunden später hatte der Fahrer angehalten.

Die drei Gefangenen auf der Ladefläche hielten den Atem an. Sie waren gespannt, wie es weitergehen würde.

Dann hörten sie das Schlagen einer Wagentür. Schritte waren nicht zu vernehmen, auch keine Stimme, dafür ein anderes Geräusch, das entstand, als die hintere Ladetürhälfte aufgezogen wurde.

Die Dunkelheit verschwand. Etwas Helligkeit drang in ihr Gefängnis. Sie stammte von einer bläulich-weiß schimmernden Peitschenleuchte, die draußen eine Lichtinsel in der Dunkelheit schuf.

„Rührt euch nicht!“ hörten sie die Stimme des weißblonden Tschechen. „Was ich in der Hand halte, ist kein Spielzeug.“

Sie sahen seine Gestalt am Ende der Ladefläche. Er war

hochgeklettert und hatte eine starke Stablampe mitgebracht, die er einschaltete. Wie ein heller Speer zerschnitt der Lichtarm die Finsternis, traf Alfreds Gesicht zuerst, der den Kopf zur Seite drehte, weil er nicht geblendet werden wollte.

Kovacz amüsierte sich. „Die Fesseln habt ihr eurem Freund abgenommen. Wie nett."

„Was wollen Sie, Kovacz?"

„Nur nachschauen, wie es euch geht."

Hinter ihm waren die Fahrer erschienen. Sie standen dort wie eine Mauer.

Der Lichtstrahl tastete als nächste Ela ab, dann Randy. Kovacz freute sich. „Ihr seht aus, als hättet ihr geschlafen. Das ist gut. Nutzt die Gelegenheit. Es werden Zeiten kommen, wo an Schlaf kaum noch zu denken ist. Wir sind noch nicht am Ziel und befinden uns hier auf einer Raststätte. Außerdem habe ich meinen sozialen Tag. Wer etwas essen und trinken möchte, kann es sagen."

„Ich nicht!" erklärte Alfred.

„Bist du was Besseres gewohnt?"

„So ähnlich." Alfred drehte den Kopf und flüsterte den Freunden zu: „Eßt und trinkt ihr etwas!"

Randy hatte ablehnen wollen, Ela ebenfalls. Jetzt änderten sie ihre Meinung. „Ja, wir wollen etwas essen und auch trinken!" rief Ela.

„Okay, wir besorgen das." Kovacz zog sich zurück. Zwei seiner Kumpane rammten die Tür zu und verschlossen sie wieder. Sofort fiel die Dunkelheit wie ein dichter Sack über die Gefangenen.

„Am Ziel sind wir nicht", sagte Randy. „Kannst du dir vorstellen, Alfred, wo wir stecken?"

„An einer Raststätte auf der Autobahn in Richtung Süden." Er lachte. „Das ist fast wie bei einer Urlaubsfahrt."

„Danke, ich verzichte", murmelte Ela.

„Mich wundert nur, daß sie uns noch nicht gefunden haben!" Randy wandte sich mit seinen Worten an Alfred. „Turbo wird bestimmt etwas unternommen haben."

„Du denkst an Kommissar Hartmann?"

„Genau."

„Tut mir leid, da muß ich dich enttäuschen. Das ist nicht Hartmanns Bier."

„Wieso nicht?"

„Er ist für Vorgänge wie diese hier *nicht* zuständig. Da kann die Polizei höchstens als Helfer im Hintergrund agieren. Ansonsten muß sie sich zurückhalten. So sind leider die Kompetenzen verteilt, mein Lieber."

„Das verstehe ich nicht."

„Es ist müßig, es dir zu erklären, Randy. Ich nehme an, daß deine Mutter entsprechend gehandelt hat."

„Sie?" Randy hatte Mühe, ein Lachen zu unterdrücken. „Nein, Alfred, du kennst meine Mutter nicht. Sie wird bestimmt vor Furcht vergehen. Wäre bei mir nicht anders."

„Da muß ich dich positiv enttäuschen, mein Lieber. Deine Mutter ist nicht die, für die du sie hältst. Sie hat auch eine andere Seite, und sie weiß, was sie bei Fällen wie diesem hier zu tun hat. Es gibt da genaue Instruktionen."

„Was denn?" fragte Ela.

„Einen Alarmplan."

„Davon habe ich nie etwas gehört!" staunte Randy.

„Es ist auch nicht eure Sache, Junge. Ich kann mir jedenfalls vorstellen, daß Turbo bei euch zu Hause angerufen hat. Alles weitere wird deine Mutter in die Wege geleitet haben."

„Dann wird sie es gewesen sein, die sich um die Verfolgung kümmert?"

„Sie ist praktisch der Auslöser gewesen, falls alles so kommt, wie wir es angenommen haben. Aber das wollen wir mal dahingestellt sein lassen. Noch wissen wir nichts. Es ist alles Theorie, und wir können nur hoffen."

Die Männer kehrten zurück. Wieder schwang die rechte Türhälfte am Heck des Wagens auf.

„So, euer Essen", sagte Kovacz. „Wir wollen ja nicht unmenschlich sein."

Er schleuderte zwei Büchsen in das Dunkel. Sie rollten über die Ladefläche und kamen vor den Füßen der Gefangenen zur Ruhe. So gut hatte Kocacz gezielt.

Das Essen war eingepackt. Zwei Lichtarme glitten über den Boden. Randy und Ela nahmen die Dosen und das Paket an sich. Randy packte es aus.

Vier Brötchen, aufgemacht wie Sandwiches, holte er aus dem Papier. Ela öffnete die Dosen mit Limonade. Es zischte, als wäre Luft aus einem Reifen gelassen worden.

„So, dann schlagt euch mal die Bäuche voll. Wir haben noch eine lange Nacht vor uns!“ erklärte der Weißblonde.

„Und wohin genau soll die Reise gehen?“ fragte Randy.

„Sei nicht so neugierig, Junge.“ Der Mann lachte hart. Dann verschwand er wieder und schloß die Tür. Im Stockdunklen ließ er die drei zurück.

„Willst du nicht doch etwas essen?“ fragte Ela.

„Okay, ein Brötchen.“ Alfred nahm eines an sich, biß hinein und trank auch einen Schluck Limo.

In den folgenden Minuten schwiegen sie, da sie voll und ganz damit beschäftigt waren, die Nahrung zu sich zu nehmen. Die Männer fuhren noch nicht weiter, sie schienen Zeit zu haben.

Es war knapp eine halbe Stunde vergangen, als sie wieder das Schlagen der Türen hörten. Sekunden später vibrierte der LKW, dann setzte er sich in Bewegung und rollte zunächst in einem Bogen der Ausfahrt entgegen.

„Und was passiert beim nächsten Stop?“ fragte Randy.

„Bin ich ein Hellseher?“ antwortete Ela.

„Macht euch darüber keine Gedanken. Reibt euch auch nicht innerlich auf“, sagte Alfred. „Versucht nur, die Ruhe zu bewahren. Irgendwie kriegen wir das schon in die Reihe.“

„Du bist lieb, Alfred“, flüsterte Ela. „Ich... ich kann daran nur nicht glauben.“

Wieder hing jeder von ihnen seinen Gedanken nach. Alfred schaute ein paarmal auf die Uhr. Er rechnete nach, wann sie in Richtung Osten abbiegen mußten.

Auch Randy beschäftigte das Thema. „Wie will man uns denn über die Grenze bringen.“

„Da gibt es Schleichwege, die auch von Spionen benutzt werden. Sie sind in der Öffentlichkeit nicht bekannt, nur die Spezialisten auf jeder Seite kennen sich da aus.“

„Kennst du denn einen?"

Alfred lachte. „So fragt man Leute aus, Junge. Es gibt gewisse Dinge, über die darf und möchte ich nicht reden."

„Du bist schon ein besonderer Mensch", stellte Ela fest. „Warst du wirklich mal beim Film?"

„Ja, da habe ich gearbeitet. Sogar als Stuntman hin und wieder. Ich habe dann den Job gewechselt und noch eine Zusatz-Ausbildung bekommen, wie ihr euch vorstellen könnt."

„Danach hast du bei uns angefangen?"

„Nicht direkt, Randy. Ich habe zuvor einige Aufträge erledigen müssen. Frag mich nur nicht, welcher Art. Darüber darf ich nämlich nicht reden."

„Verstehe."

Ihr Gespräch versickerte. Die Monotonie der Autobahn griff auch auf die drei Gefangenen über.

Irgendwann sagte Randy: „Stell dir mal vor, wir geraten in eine Polizeikontrolle."

„Das wünsch dir nur nicht."

„Meinst du, daß es Ärger gibt?"

„Sicher", bestätigte Alfred. „Ärger ist kein Ausdruck. Wenn diese Männer um Kovacz ihren Auftrag gefärdet sehen, drehen sie durch. Da kennen sie keine Rücksicht mehr."

„Was sind das nur für Menschen!" flüsterte Ela.

„Menschen, die Geld und Macht wollen. Es ist schlimm, Mädchen. Je erwachsener man wird, um so mehr erfährt man von dieser Welt."

„Ich denke da an meinen Vater. Er ist ja auch nicht nur Ingenieur", sagte Randy. „Wie verkraftet er es denn?"

„Dein Vater weiß sich schon zu wehren. Er arbeitet übrigens auch an geheimen Forschungsaufträgen."

„Deshalb dürfen wir nicht in den Turm, wo sich sein Labor befindet?"

„Das ist ein Grund mit. Bisher hat er seinen zweiten Job vor euch geheimhalten können, nun wißt ihr Bescheid und könnt euch darauf einstellen. Deine Mutter, Randy, hat das schon längst getan. Sie ist übrigens eine tolle Frau. Du könntest dir keine bessere Mutter wünschen, das laß dir mal gesagt sein."

Randy nickte, obwohl es im Dunkeln keiner sehen konnte. Er dachte an seine Mutter und atmete scharf durch die Nase. „Ich mag sie sehr“, flüsterte er. „Wenn wir zurückkommen sollten, werde ich ihr wohl viel erklären müssen.“

„Das finde ich auch.“

In der nächsten Stunde sprachen sie nur wenig. Einmal hielt der Wagen fast an, jedenfalls wurde er sehr langsam. Sie dachten an eine Kontrolle, es schien jedoch nur eine Baustelle zu sein, an der das Tempo sehr herabgesetzt worden war; zu stoppen brauchte der Wagen aber nicht, und er fuhr nach wenigen Minuten auch wieder schneller. Tempo 100 hielt er immer.

Mitternacht war vorbei. Wenn sie nachrechneten, waren sie mehr als sechs Stunden unterwegs.

Darüber sprachen sie auch.

„Ich glaube nicht, daß wir noch lange auf der Bahn bleiben werden“, meinte Alfred.

„Wo endet die Autobahn denn?“ fragte Ela.

„Nicht weit von der Grenze entfernt. Ein paar Kilometer über Landstraßen, durch einsames Gelände mit viel Wald, dann haben wir das Ziel erreicht.“

„Da kann man Furcht bekommen“, flüsterte Ela.

„Noch befinden wir uns im Westen.“

„Wirst du denn etwas gegen die Typen unternehmen?“ fragte Randy.

Alfred lachte. „Die sind zu stark.“ Er räusperte sich. „Außerdem sind die Männer bewaffnet. Da kann man nur eines machen. Sich ruhig verhalten und auf eine Chance warten.“

„Die wir hoffentlich bekommen werden.“

„Wir müssen uns eben selbst die Daumen drücken und darauf hoffen, daß unsere Freunde richtig reagiert haben.“

„Da sagst du was.“

„Ein Uhr“, meldete sich Ela. „Mein Gott, wenn ich daran denke, daß auch meine Eltern jetzt zu Hause sind...“

„Meine Mutter wird ihnen bestimmt Bescheid gesagt haben.“

„Hoffentlich.“ Michaela suchte Randys Hand und drückte die Finger fest.

Alfred hatte sich nicht getäuscht. Mittlerweile war es ihnen in Fleisch und Blut übergegangen, die Dinge richtig zu orten, die außerhalb abliefen.

Sie merkten, daß der Wagen die Fahrbahn wechselte und langsamer wurde.

Alfred hatte das Feuerzeug an sich genommen und knipste es an. Im Widerschein der Flamme bekam sein Gesicht einen bläulich-gelben Ton.

„Noch einmal, Freunde“, schärfte Alfred ihnen ein. „Was auch immer passiert, dreht nicht durch. Unternehmt nichts Unüberlegtes. Es kann sonst ins Auge gehen.“

Ela und Randy nickten. Ihre Augen gaben die Gefühle wider. Die Blicke waren ängstlich und auch gespannt. Sie wußten, daß es nicht mehr lange dauern konnte.

Der LKW verließ die Autobahn. Alfred hatte das Feuerzeug wieder eingesteckt. Nebeneinander saßen sie in der tintigen Dunkelheit und stützten sich gegenseitig ab. Jeder hing seinen Gedanken nach. Gleichzeitig konzentrierten sie sich auf die Fahrt, die nun wieder kurvenreicher wurde.

Bei jeder Lenkbewegung rollten auch die leeren Limo-Dosen über den Boden. Es war kalt geworden. Die Kälte kroch in die Knochen der Gefangenen und machte die Finger steif.

Unregelmäßigkeiten traten bei der Fahrt auf. Des öfteren mußte der Fahrer abbremsen, dann gab er wieder Gas, rollte weiter, ging manche Kurve sehr scharf an. Die drei Gefangenen hatten Mühe, die Fliehkräfte auszugleichen.

Noch rollten sie über normalen Asphalt, das jedoch änderte sich nach einer scharfen Linkskurve, die sie wiederum aus dem Gleichgewicht brachte.

Die Unterlage änderte sich. Sie wurde holprig. Wahrscheinlich war sie voller Schlaglöcher und Buckel.

„Das kann ein Waldweg sein“, flüsterte Randy.

„Es ist sogar einer, würde ich sagen!“

„Dann wären wir fast am Ziel?“

„Ja.“

„Schon zwei Uhr“, flüsterte Ela. „Wo werden wir morgen um diese Zeit wohl sein?“

„Denk darüber bitte nicht nach. Ich aber würde sagen, daß du zu Hause in deinem Bett liegst und daran denkst, bald wieder in die Schule zu gehen."

„Du bist wirklich ein Optimist."

„Muß man das nicht sein?"

„Irgendwie schon."

Der LKW quälte sich jetzt weiter, weil die Strecke einen Berg, Hügel oder eine Anhöhe hochführte. Die Stöße nahmen zu. Manchmal schüttelte sich der Wagen, als wollte er nicht mehr weiterfahren, bekam immer wieder neuen „Saft", um den Weg fortzusetzen.

Sie spürten, daß der Boden aufgeweicht war. Die dicken Reifen wühlten sich eisern hindurch. Mühelos nahmen sie auch die engen Kurven, in denen die drei durcheinandergeschüttelt wurden.

Ob sie die Anhöhe nun erreicht hatten oder nicht, konnten sie nicht sagen, jedenfalls lief die Fahrt irgendwann besser. Glatter vor allen Dingen.

Manchmal schlug etwas mit harten Geräuschen gegen die Außenwände der Ladefläche. Es mußten Äste oder starke Zweige sein, demnach rollten sie durch einen Wald.

Von Minute zu Minute stieg die Spannung. Jeder rechnete damit, daß sie in der nächsten Sekunde anhalten würden.

Trotzdem wurden sie überrascht, als der Fahrer bremste und kein Gas mehr gab.

Der Wagen stand.

Sofort danach wurde der Motor abgestellt. Grabesstille breitete sich aus, nur unterbrochen vom heftigen Atmen der drei Gefangenen, die genau wußten, daß es soweit war.

„Noch einmal, ihr beiden", sagte Alfred. „Was immer auch geschieht, dreht nicht durch und tut nichts Unüberlegtes. Versprochen?"

„Versprochen!" flüsterten Ela und Randy wie aus einem Mund.

„Dann bleibt uns nur noch, die Daumen zu drücken und zu warten!"

Zunächst einmal geschah nichts. Sie selbst hielten den Atem

an und spürten die Stille. Ab und zu knackte es unter dem Boden. Daß Türen geöffnet wurden, hörten sie nicht. Sie vernahmen nur den Knall, als man sie wieder zuschleuderte.

„Jetzt sind sie ausgestiegen", flüsterte Ela.

Schritte hörten sie nicht. Der Boden war einfach zu weich, er dämpfte jeden Tritt.

Dann waren die Kerle an der Ladetür. Das typische Geräusch entstand, als sie von außen den Hebel lösten. Einen Moment später wurden beide Hälften aufgezogen.

Die blendenden Lichtarme starker Stablampen stachen in die Finsternis. Sie trafen die Gesichter von Ela und Randy, die ihre Augen schließen mußten, weil das Licht sie blendete.

„Die beiden Kinder zuerst!" Kovacz hatte gesprochen. Diesmal klang seine Stimme nicht verbindlich. Hart wie Metall, ohne eine Spur von Gefühl. Er hatte endlich sein wahres Gesicht gezeigt. „Los, beeilt euch."

Randy stieß Ela an.

Gemeinsam erhoben sie sich. Sie hielten sich auch an den Händen fest, als sie auf den Ausstieg zuliefen. Das Licht der beiden Lampen begleitete ihren Weg.

Die Männer traten zurück, so daß die beiden springen konnten. Sie landeten auf weichem Waldboden. Hände packten sie und drückten sie zurück.

Am Rand einer Lichtung blieben sie stehen, von den dichten Zweigen eines hochgewachsenen Strauchwerks am Rücken berührt.

Man strahlte sie auch nicht mehr an. Ihre Augen gewöhnten sich an die herrschenden Lichtverhältnisse, und sie forschten die nähere Umgebung aus.

Es war eine gespenstische, unheimliche Szenerie, die sie umgab. Der dunkle Himmel wirkte wie ein nie enden wollendes tiefblaues Kissen, bestückt mit winzigen Diamantsplittern, den Sternen. Der Mond stand als dicker Halbkreis dazwischen. Er schickte seinen bleichen Gruß über dunkle Hügel, Wälder und Täler, die er ebenfalls mit seinem blassen Licht ausfüllte.

Auch die Lichtung war von drei Seiten eingeschlossen. Bäume und Unterholz wuchsen sehr dicht, so daß sie eine

Mauer bildeten, die auf den ersten Blick kaum ein Durchkommen zuließ.

Randy hatte in der Schule stets eine gute Zensur in Geographie gehabt. Wenn ihn nicht alles täuschte, befanden sie sich im Bayerischen Wald, einem Erholungsgebiet, in dem es nicht viele Städte und Dörfer gab. Dafür sehr viel Natur.

Sie waren auf eine Höhe gefahren. Hier wehte der Wind kälter als in den Tälern.

Das alles nahmen die beiden nur am Rande auf. Wichtig war der zweite Lastwagen, der neben dem parkte, mit dem sie herbeigeschafft worden waren.

Damit hatten sie nicht gerechnet. Es war ihnen nicht aufgefallen, deshalb waren beide so konsterniert.

„Verstehst du das?" hauchte Ela.

„Noch nicht."

„Ich weiß auch nicht, was das bedeuten soll." Sie deutete mit dem Kopf schräg nach rechts. „Da steht noch ein weiterer Wagen, ein dunkler BMW."

„Vielleicht ist Kovacz damit gefahren."

„Kann sein."

Fünf Männer standen auf der Gegenseite. Der weißblonde Kovacz und die vier Fahrer. Sie entwickelten eine hektische, wenn auch fast lautlose Aktivität.

Die Fahrer hielten Schußwaffen in den Händen. Zwei Mündungen glotzten in den offenen Lastwagen hinein.

„Raus mit dir, Meier!"

Damit war Alfred gemeint, der den Nachnamen Meier trug. Sehr einfach zu behalten.

„Ja, ja, ich komme schon, keine Panik, Kameraden!"

Alfred erschien im Lichtschein der Lampen. Er kannte die Spielregeln und hatte die Arme sicherheitshalber halb erhoben. Sein Gesicht war starr. Es wirkte bleich, doch die Augen des Mannes befanden sich in ständiger Bewegung.

Sie suchten schon das Gelände ab, als er sich noch auf der Ladefläche befand. Mit einem geschmeidigen Satz sprang er auf den Waldboden, wurde dort direkt bedroht und mußte seine Hände im Nacken verschränken. Einer der Fahrer dirigierte ihn zu einem Baumstumpf, auf dem er Platz nehmen konnte, ohne seine Armhaltung zu verändern. Der Aufpasser stand nur zwei Schritte entfernt. Die Mündung des Schießeisens war auf Alfred gerichtet.

„So“, sagte Kovacz, der das Kommando hatte, zufrieden nickend. „Dann wollen wir mal weitersehen. Bisher ist alles hervorragend gelaufen. Es fehlt allerdings noch eine Person.“

„Ich bin hier!“

Eine kalte Stimme antwortete aus dem Hintergrund. Dort bewegten sich Zweige, dann erschien ein Mann, der einen langen, hellen Mantel trug, auf der Lichtung.

Alle hatten ihn gesehen, auch Alfred. Und der kannte ihn. „Verdammt, Heiko Grünberg!“ stieß er hervor. „Der Verräter...“

Doppelte Überraschung

„Aber sicher doch, Meister Alfred. Der Verräter. Oder anders gesagt, der Schlaue, der Mann, der weiß, wo die Scheine wachsen.“ Grünberg schlenderte spöttisch lachend näher.

Er war ein schmaler Typ mit einem blassen Gesicht. Das war selbst im Licht der Taschenlampen zu erkennen. Das Haar lag wie nasser Tang auf dem Kopf und war zurückgekämmt worden.

Lächelnd blieb er neben Alfred stehen, aber so weit entfernt, daß dieser ihn nicht angreifen konnte.

„Ich hätte es mir denken können“, zischte Alfred. „Sie haben mir den Drink präpariert.“

„Natürlich.“

„Und was kassieren Sie dafür?“

„Ich habe schon kassiert. Ihnen ist nur nicht aufgefallen, daß ich seit Jahren für die andere Seite arbeite. Maulwurf nennt man so etwas. Ich war zudem ein Schläfer. Ein Agent, den man weckte, wenn er benötigt wurde. Das hier wird mein größter Coup."

„Freuen Sie sich schon auf den Orden?"

„Ich freue mich darauf, daß man Sie endlich aus dem Verkehr ziehen wird, Meier."

„Noch bin ich hier."

„Klar, aber zwei Kilometer weiter befindet sich die Grenze. Da wartet man auf uns."

Kovacz mischte sich ein. „Sollen wir jetzt die anderen beiden herauslassen?"

„Klar. Ich will, daß endlich alles über die Bühne läuft." Er stellte sich so hin, daß er gegen die Ladefläche des zweiten LKWs blicken konnte.

Randy spürte das Zittern in seinen Knien. „Du, Ela, ich glaube, daß wir jetzt etwas erleben werden..."

„Rede doch weiter!"

Randy schüttelte den Kopf. Er konnte einfach nicht mehr. Die Ladetüren standen weit offen. Auch jetzt leuchteten die Männer mit ihren Lampen in den Wagen.

Zwei Gestalten erschienen im bleichen Licht.

Erwachsene!

„Nein, das darf nicht wahr sein!" flüsterte Ela. „Du, Randy, das ist doch..."

Der erste sprang von der Ladefläche zu Boden.

„Vati!" schrie Randy...

Herr Ritter zuckte zusammen, als hätte man ihm einen Schlag mit der Peitsche versetzt. Noch nie zuvor hatte Randy seinen Vater so schockiert und überrascht gesehen wie in diesem schrecklichen, langen Augenblick. Das Gesicht des Mannes wechselte die Farbe. Seine Augen weiteten sich vor Staunen. Er schaute seinen Sohn mit einem Blick an, als würde er einen Alptraum erleben.

Dann wollte er auf Randy zulaufen und hatte seinen Mund schon zu einem Schrei geöffnet, aber er rannte gegen die Mündung der Waffe, die Kovacz ihm gegen die Brust hielt.

„Nicht so eilig, Herr Ritter. Sie können sich morgen beeilen, wie Sie wollen. Hier haben wir das Sagen."

Dr. Ritter starrte den Tschechen an. „Lassen Sie die beiden Kinder frei, Sie Unhold. Sie haben Ihnen nichts getan. Ziehen Sie Randy und Ela nicht mit in ihre dreckigen Geschäfte hinein."

Kovacz lächelte kalt und schüttelte dabei leicht den Kopf. „Nein, ich werde sie nicht freilassen. Denken Sie nach, Ritter. Hätten Sie sich kooperativer verhalten, könnte ihr Sohn schon längst zu Hause im Bett liegen. Jetzt ist es zu spät."

Inzwischen hatte auch Dr. Morton die Ladefläche verlassen und war zu Boden gesprungen. Er nickte den beiden Jugendlichen zu, dann starrte er Grünberg an.

„Sie also", sagte er.

„Hallo, Morton!"

Der Engländer drehte den Kopf zur Seite und schwieg. Sie alle hörten Kovacz' Lachen. „Da wir so nett zusammen sind, möchte ich auch erklären, wie es weitergeht. Wie Sie vielleicht gehört haben, gibt es in bestimmten Bereichen geheime Wege, durch die man von einem Land in ein anderes gelangen kann. Es wird gleich etwas schmutzig und unheimlich werden, aber das schaffen wir schon. Es ist auch nicht weit zu laufen. Was sind schon zwei Kilometer." Er wandte sich an Dr. Ritter und dessen englischen Kollegen.

„Das Mädchen und den Jungen nehmen wir natürlich mit. Die beiden werden Garanten dafür sein, daß Sie sich zusammenreißen und nicht versuchen, irgendwelche Dummheiten zu machen. Das gilt auch für Sie, Alfred. Nur bin ich mir bei Ihnen nicht sicher und will deshalb auf Nummer Sicher gehen. Handschellen!"

Einer der Fahrer trat hinter Alfred. In seiner Hand schwang er die stählerne Acht.

Da ihn der zweite Mann mit der Waffe bedrohte, konnte Alfred nichts machen. Er mußte hinnehmen, daß man ihm die Arme auf den Rücken zog und die Gelenke dort aneinanderkettete.

„Jetzt bin ich zufrieden." Kovacz nickte, schaute in die Runde und wandte sich an Grünberg.

„Alles frei?"

„Ja!"

„Dann los!"

„Wer geht vor?"

„Meier, meine ich."

Grünberg nickte. „Das ist gut. Ich werde mich hinter ihm halten und ihn beobachten."

„Gut."

Grünberg trieb Alfred hoch. „Tja, mein Lieber, manchmal schlägt das Leben eben Kapriolen, mit denen niemand rechnet."

Alfred erwiderte nichts. Er gab sich selbst Schwung, blieb stehen und schaute zur Seite. Dieser Heiko Grünberg hatte ihm maßlos enttäuscht.

Kovacz winkte mit dem Waffenlauf. „Wachsen Sie nicht an. Gehen Sie hinter den beiden her. Das gilt auch für Sie, Morton!"

Es blieb den beiden Männern nichts anderes übrig, als zu

gehorchen. Dr. Morton hielt den Kopf gesenkt. Peter Ritter aber schaute seinen Sohn und auch Ela an.

Obwohl den beiden keiner eine Aufforderung erteilt hatte, gingen auch sie. Ihre Bewacher ließen es zu, daß Randy mit seinem Vater zusammentraf.

„Wie geht es dir?“ flüsterte Dr. Ritter.

„Ich habe Angst.“

„Die habe ich auch.“

„Was ist mit Benny?“ wollte Dr. Morton wissen.

„Er und Turbo sind unsere einzige Hoffnung.“ Randy sprach so leise, daß die Bewacher ihn nicht verstanden. „Sie sind zurückgeblieben. Vielleicht haben wir Glück. Alfred sprach sogar von einem Alarmplan, der in Kraft treten soll.“

„Den kenne ich“, bestätigte Dr. Ritter.

„Ob man uns finden wird, ist fraglich“, flüsterte der Engländer.

„Ihr werdet jetzt hintereinander gehen!“ befahl Kovacz. Es war nicht einmal Schikane. Die Umgebung ließ ein anderes Laufen einfach nicht zu.

Ein Pfad – kaum breiter als ein Handtuch und mehr ein Wildwechsel – stach in den dichten Wald. Das Gehen wurde zu einem regelrechten Hindernisrennen. Oft genug verschmolz der Weg mit den dicht am Rand wachsenden Laub- und Nadelbäumen.

Hinzu kam das Unterholz, das hohe Gras, auch Farne, die feucht und klebrig über die Hosenbeine streiften.

Zwei Kilometer, hatte Kovacz gesagt. Darüber dachte Randy nach. Diese Strecke kann lang werden, aber auch sehr kurz sein. Ihm und Ela würde sie kurz vorkommen.

Beide fragten sich, was danach folgte.

Eingesperrt in einem fremden Land. Womöglich für Jahre.

Ela stolperte hinter ihrem Freund her. „Randy, ich... ich habe so eine Angst!“ flüsterte sie mit erstickt klingender Stimme.

Der Junge nickte nur. In seinen Augen schimmerte es ebenfalls feucht...

Auf Messers Schneide

Den Nachbrenner konnte Herr Goltz aus verständlichen Gründen zwar nicht einschalten, aber der Mercedes gehörte zu den Fahrzeugen, die man aufgemotzt hatte.

Er besaß einen PS-stärkeren Motor als die üblichen Modelle, sein Fahrgestell war tiefergelegt worden, und der Spoiler vorn und hinten ließ ihn aussehen wie eine dunkle Ramme, in der nur die beiden Scheinwerfer wie helle Glotzaugen leuchteten.

Turbo und Benny hockten im Fond. Es war einfach nicht mehr die Zeit gewesen, sie bei den Ritters vorbeizubringen. Uwe Schneider hatte per Autotelefon mit Frau Ritter gesprochen, ihr die Sachlage dargelegt und auch erklärt, daß er auf die Jungen achtgeben würde.

Sie jagten in den Abend, in die Dämmerung und dann in die Dunkelheit hinein.

Ein schwarzer Strich, der über den Asphalt und den Beton der Autobahn huschte.

An die Geschwindigkeitsbegrenzungen hielt sich Herr Goltz natürlich. Wo es ging, drehte er auf.

Glücklicherweise herrschte nicht sehr viel Verkehr, nachdem sie die Ballungszentren der großen Städte hinter sich gelassen hatten. Sie gerieten nicht ein einziges Mal in eine gefährliche Situation und kamen gut bis kurz vor Nürnberg durch.

Dort legten sie eine Rast ein.

„Aussteigen, ihr beiden, vertretet euch die Beine, holt etwas zu trinken, wir halten hier nur, um zu tanken."

Benny und Turbo befolgten Herrn Schneiders Rat. Sie kauften sich „Kalten Kaffee", eine Mischung aus Cola und Limo.

„Meinst du, daß wir es schaffen?" fragte Benny.

Turbo zuckte mit den Achseln. Er schaute auf den Wagen, wo Uwe Schneider schon wieder telefonierte. Hastig redete er in die Sprechmuschel. Wahrscheinlich führte er ein wichtiges Gespräch.

Kaum hatte er den Hörer aufgelegt, winkte er den Jungen zu. „Los, steigt wieder ein."

Erst als sie auf die Bahn fuhren, stellte Turbo eine Frage.

„Hat sich etwas verändert, Herr Schneider?"

„Ja."

„Und was?"

„Die drei Wagen sind von der Autobahn abgebogen. Momentan haben sie uns leider abgehängt."

„Nein, das ist..."

„Keine Sorge, die bekommen wir wieder. Auch der Grenzschutz hat Alarmstufe eins bekommen. Die gehen uns ins Netz, das müssen sie einfach."

Turbo nickte nur.

Die Jungen sprachen nicht. Sie waren auch nicht müde. Das Geschehen hatte sie innerlich zu sehr aufgewühlt. Sie schauten aus den verschiedenen Fenstern und sahen draußen die Landschaft dunkel und grau vorbeiflitzen. Nur hin und wieder blinkte ein einsames Licht. Manchmal sahen sie auch am Rande der Bahn eine Ortschaft. Sie stieg aus der Dunkelheit hervor wie ein leuchtender Riese aus einem nachtschwarzen Meer.

„Wie wollen Sie die anderen denn stellen?" erkundigte sich Turbo. Er konnte sich einfach nicht zurückhalten.

Herr Schneider schaute schräg über die Schulter in den Fond des Wagens. „Wir haben da so unsere Erfahrungen. Auch die Männer an der Grenze. Der Riegel ist da."

„Ist alles dicht?"

„Nein, das geht natürlich nicht. Mäuse kommen schon hindurch. Leider ist die Gegend im Bayerischen Wald sehr unübersichtlich. Es gibt Stellen, da kommt man auch mit einem Wagen nicht durch."

„So eine haben sich die anderen bestimmt ausgesucht."

„Auch dort können wir sie noch kriegen!" Herr Schneider lächelte optimistisch.

„Ich weiß nicht", sagte Turbo. „Sie sind so ruhig."

„Aufregung schadet nur. Dann verliert man oft genug die Kontrolle. Man muß solche spannungsgeladenen Situationen ruhig angehen, glaubt mir das."

„Ich will es versuchen."

Herr Schneider telefonierte wieder. Welche Nummer er

wählte, konnte Turbo nicht erkennen, aber er hörte, wie der auf dem Beifahrersitz hockende Mann leise auflachte.

„Na bitte, es geht doch. Jetzt haltet aber Kontakt."

„Habt ihr sie wieder?" fragte Turbo.

„Ja", erwiderte Uwe Schneider, den Hörer auflegend. „Wir haben sie wieder entdeckt."

„Wo denn?"

„In Richtung Grenze. Sie haben die Autobahn verlassen. Ein fahrbarer Radarwagen vom Grenzschutz hat sie auf dem Schirm. Lange bleiben auch wir nicht mehr auf der Piste."

„Schade", sagte Martin Goltz mit einer wahren Bierruhe. „Ich habe mich langsam eingefahren."

„Das ist der Mann mit dem Bleifuß!" lachte Herr Schneider.

„Aber nur, wenn es um etwas geht wie hier", schwächte Herr Goltz ab und sauste an einem Opel vorbei. Es sah so aus, als würde der andere Wagen stehen.

Der Mercedes raste wie ein Geschoß. Seine Tachonadel hatte sich bei 200 eingependelt. Die langen Scheinwerferlanzen schienen die Finsternis regelrecht zu fressen. Rechts und links der Fahrbahn wuchsen dunkle Hügel. Sie sahen aus wie schwarze, gewaltige Wellen, aus einem unheimlichen Meer kommend.

Uwe Schneider hatte bei seinem letzten Telefonat genaue Instruktionen bekommen. „An der nächsten Abfahrt, Martin, mußt du runter."

„Okay."

Im Gegensatz zu Turbo saß Benny still und irgendwie verschüchtert in einer Fondecke. Er hatte seinen Körper gegen die Tür gepreßt. Die Augen blickten ins Leere. Nur seine Hände bewegten sich. Er spielte vor Aufregung mit den Fingern.

Das blaue Schild der Ausfahrt erschien an der rechten Straßenseite. Noch 300 Meter, 200, dann 100.

Goltz senkte das Tempo. Die Bahn war gut ausgebaut worden. Er zog den Wagen hinein und bat seinen Kollegen, noch einmal zu telefonieren und mehr Informationen einzuholen.

Das erledigte Uwe Schneider prompt.

Sie waren auf eine gut ausgebaute und breite Landstraße gefahren. „Immer weiter“, sagte Schneider. „Und achte auf Schilder.“ Er nannte auch einige Ortsnamen.

„Ist gut.“

Mitternacht war vorbei. Keine der vier Personen spürte Müdigkeit. Als Turbo mal einen Blick über die Schulter von Herrn Schneider nach vorn warf, sah er, wie der Mann seine Pistole durchlud.

Turbo bekam einen trockenen Hals...

Im letzten Augenblick

Der Wald entwickelte sich zu einem wahren Dschungel, der hin und wieder so dicht wuchs, daß sich die Gruppe den Weg mit den bloßen Händen freischlagen mußte.

Randy und Ela bedauerten den an der Spitze gehenden und mit Handschellen gefesselten Alfred. Er konnte sich den Weg nicht freischaufeln. Gegen seinen Körper und auch vor sein Gesicht schlugen die starren Äste und biegsamen Zweige mit aller Wucht, falls es ihm nicht gelang, ihnen auszuweichen.

Aus Sicherheitsgründen waren die Stablampen ausgeschaltet worden. Im Dunkeln tastete sich die Gruppe voran. Dumpfe Tritte und heftiges Atmen wechselten sich mit scharfen Flüchen ab, die die Fahrer ausstießen, weil sie über den nächtlichen Spaziergang sauer waren.

In dieser Umgebung konnten zwei Kilometer sehr lang werden. Das stellten auch Randy und Ela fest. Der Junge blutete an der linken Wange. Ein Dorn hatte dort seine Spur hinterlassen und die zarte Haut aufgeritzt.

„Hier müßten eigentlich schon Grenzpolizisten herumlaufen“, sagte Ela. „Wo sind die denn?“

„Keine Ahnung. Sie wissen wohl nicht Bescheid. Diese Grenzpfade liegen sehr versteckt und sind nur wenigen bekannt.“

„Da kommen wir nicht mehr raus, Randy."

„Weiß ich nicht."

Dr. Morton stieß plötzlich einen leisen Schrei aus. Gleichzeitig verschwand er vor den Augen der beiden Freunde, als hätte man ihm den Boden unter den Füßen weggezogen.

Der Engländer war über eine dicke Baumwurzel gestolpert. Jetzt saß er und hielt sich seinen Knöchel.

Kovacz fluchte wütend. Wie ein drohender Schatten bewegte er sich auf James Morton zu. „Verdammt noch mal, kommen Sie hoch."

„Mein Fuß . . ."

„Das interessiert mich nicht. Sie stehen jetzt auf und gehen weiter. Klar?"

„Ich versuche es."

„Der Mann ist verletzt", mischte sich Dr. Ritter ein.

„Halten Sie Ihren Mund, verdammt!"

„Schon gut, Kovacz, schon gut. Darf ich meinen Kollegen wenigstens stützen?"

Der Tscheche überlegte. „Ja, machen Sie das", stimmte er zu.

Dr. Morton spielte kein Theater vor. Ihm ging es wirklich schlecht. Sein linker Knöchel mußte innerhalb kurzer Zeit so geschwollen sein, daß er nicht auftreten konnte.

Humpelnd und auf Dr. Ritter gestützt, bewegte er sich weiter. In der folgenden Viertelstunde stöhnte er öfter auf, wenn er den Fuß belastete.

„So idiotisch können auch nur weltfremde Wissenschaftler sein", beschwerte sich Kovacz, der immer häufiger auf die Uhr schaute. Die Zeit drängte stark.

Auch Grünberg, der Verräter, sprach ihn an. „Allein bin ich schneller gegangen."

„Weiß ich. Es ist nicht mehr weit. Wir laufen jetzt in ein kleines Tal hinunter. Da beginnt dann auch der versteckte Pfad."

„Mich macht es mißtrauisch, daß sich der Grenzschutz nicht sehen läßt", flüsterte Grünberg. Er schaute sich suchend um.

Kovacz winkte ab. „Die haben von nichts eine Ahnung. Wie sollten sie auch?"

„Ich bin trotzdem nicht sicher. Mein Gefühl, weißt du? So etwas wie ein sechster Sinn."

„Vergiß ihn."

Die letzte Strecke wurde besonders für James Morton zu einer Anstrengung. In Schlangenlinien führte der Weg in das kleine Tal hinein. Laub lag als dicke Schicht auf dem Boden. Die einzelnen Blätter klebten zusammen und bildeten oft genug gefährlich glatte Rutschstellen.

„Mühe allein reicht nicht!" keuchte Grünberg. „Man muß auch Glück haben." Das sagte er in dem Augenblick, als er nach hinten wegkippte, sich gerade noch an einem quer wachsenden Baumast fangen konnte. Danach war die steilste Stelle überwunden.

Ela und Randy hielten sich an den Händen. Sie setzten ihre Schritte automatisch. Ihre Gesichter wirkten leer und die Blicke so, als würden sie nach innen schauen.

„Das packen wir nicht mehr", sagte Ela einmal. „Nein, Randy, das ist vorbei."

„Ruhe!" zischte Kovacz, der ziemlich nervös geworden war. „Kein Wort mehr."

Sie hielten sich daran. Es war nicht gut, diesen brutalen Menschen noch weiter zu provozieren.

Der Tscheche hatte nicht gelogen. Sie erreichten tatsächlich ein kleines Tal, eigentlich mehr eine große Waldlichtung, die von Hängen eingerahmt wurde.

An einer Seite war der Hang mit dichtem Strauchwerk bewachsen. Kovacz lief mit eiligen Schritten genau auf die Stelle zu und entfaltete eine fieberhafte Hektik. Mit beiden Händen räumte er die als Deckung vorgeschobenen Sträucher zur Seite. Sie waren nur hingestellt worden, nicht fest verwachsen.

Ein schmaler Pfad wie ein Wildwechsel tat sich vor ihnen auf. Der Anfang des geheimen Grenzübergangs.

Kovacz blieb dicht daneben stehen und nickte. „So", sagte er und lachte laut. „Da geht es hinein. Ihr müßt euch etwas bükken, denn der Weg ist dicht verwachsen. Du zuerst, Meier."

Alfred hob die Schultern. Er schaute zu Dr. Ritter hinüber, der nichts sagte und seinen Sohn anblickte.

Randy glaubte, einen Traum zu erleben. Er wünschte sich in sein Bett, wo er tief und fest schlief, um am Morgen sicher zu erwachen und das lächelnde Gesicht seiner Mutter zu sehen.

Der Wunsch blieb Vater des Gedankens.

Alfred hatte sich schon umgedreht und ging die ersten Schritte auf den Stollen zu. Da geschah es!

Wie bei der Landung eines fremden Raumschiffs, was von gewissen Filmregisseuren so gern spektakulär gezeigt wird, fiel eine schmerzend helle Lichtfülle in die große Schneise. Sie leuchtete jede Ecke aus, erfaßte jedes Blatt, blendete die Menschen, und gleichzeitig mit dem Licht erklang eine scharfe, durch ein Megaphon verstärkte Stimme auf.

„Keine Bewegung da unten. Sie sind umstellt!“

Die Stimme verklang.

Jeder auf der Lichtung war überrascht worden. Die Agenten und auch ihre Gegner.

Harte Geräusche drangen in das kleine Tal, als Waffen durchgeladen wurden.

Grünberg war totenbleich geworden. Er stand wie zu Stein erstarrt auf dem Fleck. Auch die Fahrer rührten sich nicht. Ihre Pistolen hatten sie weggesteckt.

Dr. Ritter und James Morton atmeten erleichtert auf, während Randy und Ela noch nicht richtig begriffen, daß sie im letzten Augenblick gerettet worden waren.

Nur Kovacz wollte es nicht glauben.

Im Licht eines Scheinwerfers war er genau zu sehen. Sein Gesicht wirkte wächsern. Schweiß lief über seine Stirn und rann auch in die Augen. Der rechte Arm hing am Körper herab. Kovacz sah aus, als wollte er Luft holen, ohne es je schaffen zu können.

Irgend etwas in seinem Hirn rastete aus. Plötzlich wirbelte er herum, wollte im Dickicht verschwinden, aber ein anderer war schneller.

Alfred reagierte trotz seiner gefesselten Hände ebenso rasch und bewies, was ein Karatekämpfer mit seinen Füßen noch alles anstellen konnte.

Kovacz kam nur einen Schritt weit, da erwischte ihn der Tritt. Der Mann lernte das Fliegen. Er landete rücklings im weichen Laub und sah aus, als wollte er darin versinken.

Als er wieder hochkam, stand Alfred vor ihm, starrte auf ihn herab, lächelte hart und sagte: „Das war ich dir schuldig, Kovacz!"

„Gut, du hast gewonnen", sagte er Tscheche keuchend und schleuderte seine Pistole weg.

Für die einen wurden die nächsten Minuten zur großen Niederlage, für die anderen zu einem wahren Freudentaumel. Es wimmelte plötzlich von Grenzsoldaten, die von den Hängen herunterkamen und die Gangster kassierten. Handschellen klickten, Grünberg schrie nach seinem Anwalt, und Kovacz sagte gar nichts, wie auch die vier Fahrer.

Die anderen aber standen zusammen. Dr. Ritter umarmte Randy und Ela abwechselnd immer wieder. Sie konnten es noch nicht fassen, den Agenten so dicht vor dem Ziel doch entkommen zu sein. Wie war das nur möglich?

Diese Frage wurde oft gestellt. Aufklärung bekamen sie von Alfred, der sich mit dem Einsatzleiter unterhalten hatte und auch seine Handschellen losgeworden war.

„Bedanken können wir uns bei Benny und Turbo. Sie haben uns aus der Klemme geholt. Wären sie nicht gewesen und hätten sie nicht Alarm geschlagen, na ja, ihr könnt euch vorstellen, wie der Fall dann ausgegangen wäre."

„Wo sind die beiden denn?" fragte Ela.

„Höchstens drei Kilometer von hier weg", erwiderte Alfred und lächelte dabei.

„Was?" schrie Randy.

„Ja, sie wollen schließlich dabeisein, wenn wir den Sieg feiern. Ganz haben sie es nicht geschafft. Was soll's? Wir sind wieder zusammen, nur das zählt."

„Und noch etwas", sagte Dr. Morton. Er griff in seine Innentasche. Dort holte er einen Gegenstand hervor, der nicht größer als ein Fingernagel war. Ein winziges Päckchen.

„Was ist das?" staunte Randy.

„Der springende Punkt, um den sich alles drehte. Eine gefährliche Agentenfracht. Die Unterlagen, die ich in Prag erwischen konnte und die man mir wieder abnehmen wollte. Zum Glück ist es nicht soweit gekommen."

„Packen Sie den Mikrofilm wieder weg, James", schlug Dr. Ritter vor. „Wir haben jetzt andere Sorgen." Er nahm Randy und Ela erneut in die Arme. „Ich bin dafür, daß wir diesen Tag erst einmal richtig als unseren zweiten Geburtstag feiern. Oder was meint ihr?"

„Spitze, Vati. Aber eines mußt du mir versprechen!“
„Was denn?“
Randy blickte seinen Vater an. Er wollte etwas sagen, von Dr. Ritters zweitem Job sprechen, und brachte es nicht übers Herz, als er in die Augen seines Alten Herrn sah.
„Schon gut“, sagte er, „schon gut. Ich glaube, ich habe die besten Eltern der Welt...“